# LE PORTAIL

Laetitia Monray

# LE PORTAIL

Romans
PGCOM Éditions

**Le Portail**
© PGCOM Editions 2017
Tous droits réservés
http://www.pgcomeditions.com/
ISBN : 978-2-917822-54-8

J'ouvris un œil juste avant que mon réveil ne retentisse. Aujourd'hui était le dernier jour de mon année de seconde dans un lycée privé parisien. J'étais surexcitée. Évidemment, pas par la perspective de me rendre dans ces vieux bâtiments démodés dans lesquels j'avais traîné mes guêtres toute l'année. Pas non plus par l'idée de dire au revoir à mes « chers » professeurs qui nous avaient répété sans fin la même litanie sur l'importance du bac, la réputation d'excellence du lycée, et le pourcentage de réussite en constante augmentation depuis des années. Non, j'étais surexcitée, car ma meilleure amie avait eu l'autorisation de ses parents pour organiser une soirée pour fêter la fin de l'année scolaire. Et j'étais bien décidée à profiter de l'occasion pour passer à l'acte avec mon merveilleux petit ami Thibault. J'avais un peu peur, mais je l'aimais de tout mon cœur, il était beau, il me faisait rire, il connaissait tout le monde, c'était le garçon le plus cool du lycée et toutes mes copines étaient vertes de jalousie, car c'est moi qu'il avait choisie, et ça durait depuis déjà trois mois ! C'était mon homme idéal, j'allais me marier et avoir des enfants avec lui.

J'arrivai dans la cuisine pour prendre mon petit déjeuner. Maman était déjà là en train de boire son café en pianotant sur son téléphone. Mon entrée la fit sursauter et elle rangea précipitamment son téléphone dans son sac.

« Tu as bien dormi Louane ?

- Oui très bien ! J'ai vraiment hâte d'être à ce soir.

- Qu'est-ce qu'il y a ce soir ?

- Tu plaisantes ? Julie organise une fête pour la fin de l'année, avant que tout le monde parte en vacances, tu n'as pas oublié ? Tu as promis que je pourrais y aller et que tu me déposerais !

- Ça m'est complètement sorti de la tête, je suis désolée ma chérie, mais je ne pourrais pas t'emmener ce soir.

- Et Papa ? Il peut m'emmener lui ? Où est-il ? »

Sans que je comprenne pourquoi, Maman pâlit avant de répondre.

« Il est déjà parti au travail, et je ne pense pas qu'il pourra te déposer ce soir. Et tu connais la règle, si on ne peut pas t'emmener et venir te chercher, tu restes à la maison. Tu auras d'autres occasions de voir Julie.

- Mais Maman ! Je…

- Pas de discussion ! m'interrompit-elle brusquement. Prends tes affaires, je te dépose au lycée. »

La mort dans l'âme, je montai dans la voiture et ne décrochai plus un mot. J'étais terriblement en colère contre ma mère, mais je la connaissais suffisamment pour savoir que sa décision était prise et que je ne pourrai rien faire ou dire pour la faire changer d'avis. C'était tellement injuste. Je rêvai de cette soirée depuis des semaines, comment pouvait-elle ainsi gâcher l'un des moments les plus beaux de ma vie ? Comment allais-je expliquer à Julie et à Thibault que finalement je ne serai pas là ? Ils allaient être tellement déçus…

J'arrivai à ma première heure de cours avec cinq minutes de retard. Je traînai ma mine déconfite jusqu'à ma place. Heureusement, le professeur d'espagnol avait prévu de nous projeter un film en version originale et j'en profitai pour essayer de trouver une solution pour sauver ma soirée.

Entre les cours, je rejoignis Julie et Thibault qui sortaient de leur heure d'Allemand. À ma vue, ils se doutèrent qu'il y avait un problème :

« Salut ma belle ! Pourquoi tu fais cette tête-là ? me demanda Julie.

- Ma mère a décidé que je resterai à la maison ce soir…

- Ah bon ? intervint Thibault. Pourquoi ? Qu'est-ce que tu as fait ? Je croyais que tu avais eu toutes les notes que tes parents te demandaient ? Et qu'ils étaient d'accord ?

- Ils l'étaient, je n'ai pas le droit de sortir, car ils ont des trucs de prévus et ne peuvent pas m'emmener. C'est la règle, je peux sortir s'ils me déposent et viennent me chercher.

- En résumé, ils ont décidé de sacrifier ta vie sociale pour la leur ? Mais c'est complètement injuste ! s'exclama Julie. Quand est-ce que les parents comprendront qu'on n'est plus des enfants et que nos vies de demain se décident aujourd'hui ? Non, mais sans blague !

- Et si je viens te chercher et que je m'engage à te ramener à l'heure qu'ils voudront ? tenta Thibault, les yeux pleins d'espoir.

- Non… je ne leur ai pas parlé de toi… Je ne suis pas censé avoir de petit copain avant mes 16 ans…

- Je suis désolée de te dire ça Louane, mais tes parents sont vraiment vieux jeu, s'exclama Julie. Est-ce qu'ils regardent la télé de temps en temps ? Ils connaissent internet ? Les smartphones ? Le monde a beaucoup changé depuis leur époque !

- Je sais, je sais… moi aussi ça m'énerve, crois-moi ! Mais je suis le seul enfant qu'ils ont réussi à avoir, du coup ils ont un peu tendance à me surprotéger parfois…

- Enfin tu n'y es pour rien toi ! Ils ne vont pas te garder sous cloche toute ta vie ! dit Thibault. Et tu ne pourrais pas faire le mur ?

- Franchement je ne me vois pas faire ça, s'ils m'attrapent, ça va être la catastrophe… répondis-je.

- Mais ce n'est pas comme si je te demandais de faire le mur pour aller dans une rave party, ou entrer illégalement en boîte, ou boire de l'alcool, c'est juste pour qu'on puisse fêter ensemble la fin de l'année… m'implora Thibault. »

Il avait l'air tellement triste à l'idée de ne pas passer la soirée avec moi que les larmes me sont montées aux yeux. Malgré mes efforts pour les contenir, elles se mirent à rouler le long de mes joues. J'avais vraiment un problème pour gérer mes émotions.

« Pardon ma puce, me dit-il en m'attirant dans ses bras. Je ne voulais pas te faire de peine. On trouvera une autre occasion de fêter la fin de l'année tous les deux en amoureux OK ?

- Oui d'accord, dis-je en reniflant. »

La cloche retentit, indiquant le début du cours suivant. Je laissai donc mes amis pour rejoindre mon cours de physique.

Pendant le dernier cours de la matinée, je m'aperçus que, à cause de ma dispute avec Maman de ce matin, j'avais oublié de prendre mes affaires pour le cours de sport. J'étais loin d'être une grande sportive, mais les professeurs avaient promis d'organiser des olympiades interclasses de sports insolites ou amusants comme la course de sacs, les fléchettes ou un jeu gonflable de sumotoris. Je ne voulais pas que toute ma journée soit gâchée, alors je décidai de profiter de l'heure du déjeuner pour passer rapidement à la maison les récupérer. Je n'étais pas vraiment autorisée à sortir seule du lycée, mais je n'avais que trois stations de métro à parcourir, et je l'avais déjà fait sans problème. En me dépêchant, j'avais largement le temps de faire l'aller-retour et de déjeuner des délicieuses lasagnes qui restaient du dîner de la veille. Et puis j'étais toujours fâchée contre mes parents et c'était une sorte de mini révolte. J'envoyai un texto à Thibault et à Julie pour les prévenir que je ne déjeunerai pas avec eux.

Dès que la sonnerie retentit, je bondis de ma chaise et sortis de la salle. J'avais de la chance, car une rame de métro arriva en même temps que moi dans la station. Vingt minutes plus tard, j'insérai ma clef dans la serrure de la porte de notre appartement. À ma grande surprise, la porte n'était pas verrouillée. Pourtant, il me semblait bien avoir vu Maman le faire en partant ce matin. Peut-être que Papa ou elle était également revenu déjeuner à la maison ? Je ne voulais pas me faire surprendre en dehors du lycée sans permission, alors j'entrai sans faire de bruit et refermai la porte doucement.

Au début, je n'entendis rien, puis des éclats de rire et des bruits bizarres me parvinrent de la chambre de mes parents. Je m'approchai sur la pointe des pieds et jetai un coup d'œil.

Mon cerveau n'arrivait pas à analyser la scène qui se déroulait devant mes yeux. Papa était en train de s'habiller et il n'était pas le seul. Sauf que… sauf que l'autre personne était blonde alors que Maman était brune. Sauf que l'autre personne devait avoir une vingtaine d'années alors que Maman fêterait ses 42 ans bientôt. Sauf que l'autre personne riait aux blagues de Papa alors que Maman en était de plus en plus agacée. Sauf que Papa regardait, frôlait, parlait à l'autre personne d'une manière que je ne l'avais jamais vu faire avec Maman.

Je reculai lentement et allai me réfugier dans ma chambre sans un bruit. Papa et l'autre personne quittèrent l'appartement dans un éclat de rire. Je cherchai désespérément une signification acceptable, plausible ou non, à ce que j'avais vu. Je souhaitai ardemment trouver une raison autre que celle qui tentait de s'imposer à mon esprit. Petit à petit, des détails qui ne m'avaient pas choquée sur le coup me revinrent en mémoire. Maman était venue plusieurs fois me récupérer au lycée à la place de Papa, car il travaillait tard. « Mensonge ! persiflait une petite voix dans ma tête ». Il nous avait offert plusieurs cadeaux de ses récents déplacements. « Culpabilité ! continuait ma petite voix. »

Je m'effondrai sur mon lit et attrapai par réflexe mon ours en peluche. Il m'accompagnait depuis mes 3 ans, cadeau de Papa qu'on avait baptisé Capitaine Flamme lors d'une cérémonie officielle dans la salle de bain. Il lui manquait un œil, et Maman avait dû le recoudre plusieurs fois, ce qui lui laissait comme des cicatrices de guerre qui me rassurait encore plus. J'étais censée m'en séparer depuis longtemps, mais n'arrivais pas à m'y résoudre. Le serrant dans mes bras, je tentai d'énoncer la vérité à haute voix : « Papa trompe Maman ». C'était encore plus violent de l'entendre que de l'imaginer. Les larmes se mirent à couler le long de mes joues et à tomber sur la tête de ce pauvre Capitaine Flamme. Comment cela avait-il pu se produire ? Maman, Papa et moi formions une union sacrée. C'était nous contre le reste du monde. Nous étions censés être indestructibles. La famille idéale. Loin de toutes ces familles qui ont des problèmes. Non, nous on était unis, on s'aimait très très fort, c'était impossible que l'un d'entre nous trahisse les autres. Maman et Papa n'avaient pas pu avoir d'autre enfant que moi, et quand je l'avais appris, j'avais décidé d'être la meilleure fille dont ils puissent rêver, de ne jamais les décevoir. Je respectai les règles à la lettre, même quand elles me semblaient injustes, contrairement à beaucoup de mes amis. Est-ce que j'avais toujours vécu dans une illusion ? Mes sanglots grossissaient, j'étais à la limite de l'étouffement. Il fallait que je parle à Maman. Il fallait que je la prévienne. Il fallait qu'elle me rassure, qu'elle me dise que je m'étais trompée, que j'avais mal interprété.

À travers mes sanglots, j'attrapai mon téléphone et l'appelai. Elle décrocha au bout de la deuxième sonnerie.

« Allo Louane ? »

Je n'arrivai pas à prononcer un mot.

« Louane ? Tout va bien ? Qu'est-ce qui se passe ? »

La gorge serrée, seul le bruit de mes pleurs était audible.

« Louane dis-moi où tu es, j'arrive tout de suite.

- A... la ... maison... haletai – je, entre deux crises de larmes. J'ai... J'ai vu... Papa...Il... »

C'était impossible pour moi de lui dire ce que j'avais vu.

« Papa ? Tu l'as vu à la maison ? Qu'est-ce qu'il... » et elle s'interrompit brusquement.

Quelques minutes s'écoulèrent sans que nous ne prononcions une parole. Puis Maman reprit la parole d'une voix très douce, la même qu'elle avait prise pour m'annoncer que non les enfants de l'école ne mentaient pas et que le Père Noël n'existait pas. La même qu'elle avait prise aussi pour m'expliquer que je ne reverrai plus jamais Papi. Elle me dit alors :

« Louane ma chérie... »

Un doute insidieux s'infiltra dans mon esprit embrumé.

« Tu ne devais pas l'apprendre comme ça... »

Des souvenirs tentaient de percer le marasme qui s'était emparé de moi. Maman et sa conjonctivite à répétitions... Maman de plus en plus souvent de mauvaise humeur... Maman qui passait des heures au téléphone avec ma tante... »

« Ton père... commença-t-elle.

- Tu étais au courant ? lui demandai-je dans un souffle.

- Oui… murmura-t-elle. Ton père a rencontré quelqu'un, nous allons divorcer.

- Tu étais au courant et tu ne m'as rien dit ? hurlai-je alors dans mon téléphone.

- Louane chérie, on attendait le bon moment…

- Tu étais au courant et tu ne m'as rien dit ? criai-je à nouveau avant de raccrocher et de jeter mon téléphone contre le mur. »

Celui-ci avait malheureusement survécu puisqu'il se mit aussitôt à sonner. Je jetai dans sa direction mon oreiller puis ma couette, dans une vague tentative d'étouffer la sonnerie. Elle finit par s'arrêter, mais le téléphone fixe prit la relève quelques instants plus tard. En gardant Capitaine Flamme dans mes bras, je sortis en courant de l'appartement.

Pendant tout l'après-midi, je déambulai dans les rues de Paris. J'étais en état de choc. Je marchais sans savoir où j'allais, pleurant sans discontinuer, serrant toujours mon ours contre moi. Mon monde s'écroulait. Mes parents m'avaient trahie, tous les deux. Est-ce que toute ma vie n'était qu'une vaste illusion ? Au bout de plusieurs heures, les jambes raides d'avoir tant erré, je me laissai tomber sur un banc dans un square. Pourquoi cela m'arrivait-il à moi ? Qu'avais-je fait pour mériter ça ? Est-ce que Julie avait raison quand elle me disait que je vivais dans le monde des Bisounours ? Est-ce que j'étais vraiment une « oie blanche » comme me taquinait parfois Thibault ? Julie ! Thibault ! Le fait de penser aux deux autres piliers de ma vie me sortit de ma léthargie. Je savais que je pouvais compter sur eux. Surprise, je m'aperçus que la nuit était tombée. Je regardais l'heure, la soirée de Julie commencerait bientôt. J'hésitai. J'avais déjà séché tous les cours de l'après-midi. Maman devait être folle d'inquiétude. Je n'avais pas l'autorisation d'aller à cette soirée. Si j'avais été l'héroïne d'un film, un diablotin et un petit ange se seraient tenus sur mes épaules pour me pousser dans une direction ou bien l'autre. Ils se seraient battus en duel et le gagnant aurait dicté mon choix. Mais j'étais seule, désespérément seule et perdue, en proie à une lutte interne sans merci entre toutes les émotions qui me submergeaient. Finalement, les seules personnes que j'avais envie de voir à ce moment-là étaient mes amis. Je partis d'un pas décidé rejoindre le métro le plus proche afin de me rendre chez Julie.

Une demi-heure plus tard, je sonnai à sa porte. Sa mère vint m'ouvrir et me regarda d'un air étrange. Il faut dire que je ne devais pas avoir une mine très joyeuse et que je traînais toujours mon ours en peluche avec moi.

« Bonsoir Madame Huguet, est-ce que Julie est là ? demandai-je. » Elle hésita. Pourtant ma question ne me semblait pas si compliquée.

« Oui, oui, finit-elle par répondre, elle est dans sa chambre, vas-y ».

Je rejoignis alors Julie qui me sauta littéralement dessus.

« Mais où étais-tu passée ? Toi qui sèches les cours ? On n'a jamais vu ça ! Et ta mère ! Elle est complètement paniquée ! Elle m'a appelée, elle te cherche partout depuis ce midi ! Qu'est-ce qui s'est passé ? Elle n'a rien voulu me dire ! Et t'as vu ta tête ? Qu'est-ce qu'il y a ? Quelqu'un est mort ? Mais dis quelque chose ! Pourquoi tu ne dis rien ? Et pourquoi tu te balades avec Capitaine Flamme ? »

J'étais complètement noyée par son débit de paroles, mais cela me faisait un bien fou de la voir. Je savais qu'elle serait là pour moi, qu'elle me comprendrait, me soutiendrait. Mes larmes recommencèrent à couler. J'ouvris la bouche pour lui raconter l'horreur de ce que j'avais découvert, mais une énorme boule me serrait la gorge et aucun son ne sortit mis à part un couinement aigu.

« Mais pourquoi tu pleures ? Viens, assois-toi sur mon lit, je vais te chercher un verre d'eau d'accord ? » me dit-elle.

Je hochai la tête, toujours incapable d'émettre des sons intelligibles. Elle sortit alors de la chambre. Je l'entendis discuter avec sa mère puis elle revint l'air fâché.

« Écoute, je ne voulais pas qu'elle le fasse, mais ma mère a appelé la tienne pour lui dire que tu étais ici. Elle est en route pour venir te récupérer… »

Je me recroquevillai sur le lit, serrant convulsivement mon ours contre moi.

« Parle-moi, reprit Julie, tu me fais vraiment peur là… Qu'est-ce qui se passe ? » Il fallait que j'arrive à lui dire, c'était mon amie, ma meilleure amie, elle pourrait peut-être m'aider à comprendre.

« Ce midi… quand je suis rentrée… commençai-je entre 2 sanglots.

- Oui ? m'encouragea-t-elle. Tu es rentrée récupérer tes affaires de sport, tu m'as envoyé un texto.

- C'est ça… mais en arrivant… j'ai vu… continuai-je difficilement.

- Tu as vu quoi ? Un souci dans votre appartement ? Non tu ne serais pas dans cet état-là… »

J'inspirai profondément et débitai précipitamment : « J'ai vu mon père, chez moi avec une autre femme. Il ne m'a pas vue, il était trop… occupé… Et quand j'ai appelé Maman pour lui raconter ce que j'avais vu, j'ai découvert qu'elle était déjà au courant. Ça fait des semaines qu'ils me mentent. Ils m'ont trahie, je ne peux plus leur faire confiance !!!! »

Julie resta muette quelques minutes, ébahie. Sur son visage paraissaient les différentes émotions qui la traversaient pendant qu'elle intégrait ce que je venais de lui révéler et qu'elle en mesurait les conséquences.

« Ma pauvre chérie, finit-elle par dire, des larmes au coin des yeux. Je suis tellement désolée pour toi. Je n'aurais jamais cru que cela puisse t'arriver, pour moi vous étiez vraiment la famille « idéale » … et tes parents… ils avaient l'air tellement amoureux, comparés à mes parents avant qu'ils ne divorcent. Je suis complètement abasourdie, alors j'imagine toi… tu aurais dû m'appeler tout de suite ! Ou Thibault ! On aurait séché pour venir avec toi te soutenir !

- J'ai jeté mon téléphone, je ne voulais plus entendre ma mère… reniflai-je.

- Je te comprends ! qu'est-ce que tu as fait ensuite ?

- Je ne me souviens plus trop… j'ai marché pendant des heures… essayé de comprendre… et j'ai fini par atterrir ici pour te voir…

- Tu as bien fait évidemment ! mais maintenant il y a ta mère qui va débarquer…

- Oh non ! je n'ai vraiment pas envie de la voir ! je vais m'en aller… dis-je en me levant.

- Non, non ! Ne bouge pas, je vais voir avec Maman si elle est d'accord pour que tu restes ici au moins ce soir. Je pense que tu as besoin de t'éloigner un peu, et que même les adultes peuvent comprendre ça ! »

Sur ces paroles, elle sortit de la chambre. Je me laissai retomber sur le lit. Je ne voulais pas partir, mais je ne voulais pas voir ma mère non plus. J'étais néanmoins soulagée, car je savais que Julie ne me laisserait pas tomber. Elle pouvait être une vraie tigresse pour défendre les causes qui lui paraissaient justes, et je l'avais toujours admirée pour ça, moi qui étais beaucoup plus hésitante pour défendre mes convictions. Je n'avais par contre jamais imaginé que je serais un jour l'une de ses causes à défendre.

J'entendis avec appréhension la sonnette de la porte, puis la voix de ma mère. Des bruits de dispute me parvinrent. Je ne comprenais pas les mots, mais je reconnus Julie qui devait être en train de plaider mon cas de toute sa force. Elle revint peu après dans sa chambre. Ses joues étaient rosies d'animation et ses yeux brillaient de colère.

« Écoute, me dit-elle, ma mère est OK pour que tu restes ce soir, te changer les idées pendant la soirée, et peut être demain, le temps que tu souffles un peu, mais seulement si la tienne donne son accord. Ta mère ne veut rien entendre sans t'avoir vue d'abord. J'ai essayé de faire rentrer dans sa tête que toi tu ne voulais pas la voir, ni elle ni ton père, mais elle insiste. J'ai dit que j'allais venir t'en parler. Je pense que si tu lui dis que tu veux rester, elle n'osera pas te dire non, mais je n'en suis pas sûre… En tout cas, elle va camper ici jusqu'à ce que tu sortes de ma chambre…

- Merci beaucoup Julie. Je suis très touchée de ce que tu fais pour moi.

- Mais c'est normal ! On est les meilleures amies du monde ! T'aurais fait pareil pour moi ! Tu l'as déjà fait d'ailleurs, quand mes grands-parents sont décédés. Qu'est-ce que tu veux faire ?

- Je ne sais pas… Je ne veux pas gâcher ta soirée… et si je ne sors pas, je la connais, elle ne va pas bouger !

- La soirée, on s'en fiche, je peux l'annuler en 3 secondes si besoin, on fera ça une autre fois. L'important c'est toi !

- Tu es trop gentille avec moi, répondis-je, et les larmes me montèrent à nouveau aux yeux. C'était tellement important pour moi de savoir que je pouvais compter sur elle dans le chaos qu'était devenue ma vie depuis quelques heures.

- Mais non c'est normal ! »

Nous fûmes interrompues par des coups discrets à la porte.

« Qui est-ce ? demanda Julie

- Maman, répondit sa mère.

- Entre, dit Julie. »

Elle entra et referma derrière elle. Elle s'adressa directement à moi :

« Louane, je ne connais pas les détails, mais je sais que ta Maman est très inquiète pour toi. Peu importe ce que tu as découvert ou ce qui se passe entre tes parents, cela ne change rien au fait que tu es leur fille, et qu'il est tout à fait normal que ta Maman veuille te voir. Si elle est d'accord, je n'ai pas de problème pour que tu restes ici ce week-end, mais pour cela, tu dois te comporter en adulte et lui parler. Je sais bien que ce n'est pas évident, mais tu devras l'affronter tôt ou tard.

- Mais maman, si elle ne veut pas la voir… intervint Julie.

- Julie, je sais que tu veux défendre ton amie et c'est très bien, mais comme je te l'ai déjà dit, se cacher ne sert à rien. De plus, j'ai convaincu la maman de Louane, si elle lui dit qu'elle veut rester, elle ne s'y opposera pas si tant est qu'elle puisse lui parler et qu'elle rentre demain. »

Julie se retourna vers moi.

« C'est peut-être le mieux à faire ? Qu'est-ce que tu en penses ? »

Je les regardai tour à tour. Lors du divorce de ses parents, Julie avait longtemps hésité à décider avec lequel elle souhaitait vivre. Je l'avais écoutée pendant des heures listant les pours et les contre de chaque option. Je savais donc qu'elle tenait de sa mère avocate son fort goût pour la justice et sa logique implacable. Alors si les deux me conseillaient d'aller parler à ma mère, c'était sans doute le mieux pour moi. N'étant pas persuadée de savoir ce que je voulais, je choisis de suivre leur avis.

« OK, j'y vais, murmurai-je » et je me levai avant de changer d'avis.

« Tu fais le bon choix, m'encouragea la mère de Julie. On ne bouge pas d'ici, on vous laisse un peu d'intimité. Prenez votre temps.

- Merci beaucoup… »

Et je sortis de la chambre.

Ma mère me tournait le dos. Elle regardait par la fenêtre en se triturant les mains, signe que j'avais appris à reconnaître comme révélateur d'un grand stress. Elle m'entendit entrer dans le salon et se retourna vivement. Elle se figea et me fixa pendant de longues minutes. J'en profitai pour la regarder aussi. Elle avait l'air exténuée, comme si elle n'avait pas dormi depuis des jours. Des cernes sombres ornaient ses yeux. Des mèches s'échappaient de sa coiffure et ses vêtements étaient très chiffonnés. Est-ce que ma petite disparition pouvait à elle seule l'avoir mise dans un état pareil ? Des souvenirs tentaient de se faire un chemin jusqu'à ma conscience. Se pouvait-il que j'aie laissé passer des signes sans les voir ? Sa mauvaise humeur récurrente de ces derniers temps. Les heures qu'elle passait désormais au téléphone, elle qui détestait ça. Les retours tardifs de plus en plus courants de Papa. Sous le choc de la découverte que j'étais en train de faire, je me laissai tomber sur le canapé. Tout était sous mes yeux et je n'avais rien vu. Obnubilée que j'étais par ma petite vie de lycéenne, mes soirées, mes amis, mon copain, je n'avais pas prêté attention à ce qu'il se passait chez moi.

« Louane ? Tu m'écoutes ? »

Elle était en train de me parler et je n'avais rien entendu.

« Oui, lui dis-je.

« Louane, on attendait le bon moment pour te parler… Tu n'étais pas censée l'apprendre comme ça… On voulait que tu finisses ton année scolaire. »

Malgré ce que j'avais découvert, je lui en voulais encore. Je me sentais toujours trahie au plus profond de moi. Je me laissai submerger par mes émotions.

« Me laisser finir mon année scolaire ? hurlai-je à travers mes larmes. Vous m'avez trahie, vous m'avez menti ! Depuis combien de temps ça dure hein ? Depuis quand es-tu au courant ? Depuis quand je suis la seule à croire qu'on est une famille ? Depuis toujours vous me dites que nous c'est comme les mousquetaires « tous pour un et un pour tous » ? Qu'on était une famille unie ? Tout ça c'était du vent ! Vous m'avez bercée d'illusions ! Je vous déteste !!! Tous les deux !! »

Essoufflée par ma tirade, je m'arrêtai.

« Ma chérie, dit-elle, pleurant aussi… » et elle vint s'asseoir près de moi et essaya de me prendre dans ses bras.

Je jaillis du canapé comme un diable de sa boîte : « Ne me touche pas ! criai-je, je ne veux plus vous voir ! Je veux rester ici !

- Louane, je sais que tu es bouleversée, mais ce serait mieux que tu rentres à la maison avec moi, qu'on en discute tous les trois, en famille.

- En famille ? Mais quelle famille ? Pas question, je ne bouge pas d'ici. Julie et sa mère sont d'accord pour que je reste de toute façon.

- Louane…

- Je. Reste. Ici. »

Nous nous défiâmes des yeux d'un bout du salon à l'autre. Son visage se fit soudain plus ferme et elle dit :

« Très bien. Voilà ce qu'on va faire. Tu peux rester ici ce soir à condition de rentrer demain soir au plus tard. Si tu ne le fais pas, je reviens te chercher illico. Tu as le droit d'être fâchée contre nous, mais tu restes notre fille. On est bien d'accord ?

- …

- Louane, on est bien d'accord ? Je ne bouge pas d'ici tant que tu ne m'as pas dit que tu rentrais demain soir.

- Très bien, on fera comme tu voudras, finis-je par accepter à contrecœur.

- OK, je te laisse maintenant. Vous devez vous préparer pour la soirée maintenant si j'ai bonne mémoire. Je te laisse dire au revoir pour moi à Julie et à sa mère. »

Je me raidis quand elle m'embrassait. Elle me rendit mon portable. Julie et sa mère sortirent de la chambre quand elles entendirent la porte d'entrée. Mon amie me prit par la main pour m'amener devant son placard.

« Très bien, maintenant, on laisse les soucis de côté pour ce soir. On a une heure pour tout préparer avant que les invités arrivent. Je file prendre ma douche, je te laisse trouver de quoi t'habiller, prend ce qui te fait plaisir ! »

Ses efforts pour me changer les idées me touchaient. Je décidai alors de lui faire plaisir et de faire ce qu'elle m'avait demandé : laisser mes problèmes de côté pour la soirée.

## 2

Julie m'avait prêté une de ses robes préférées et m'avait maquillée et coiffée, en bavardant comme si de rien n'était. Elle avait aussi pris l'initiative d'appeler Thibault pour lui faire un résumé rapide de la situation et ainsi m'éviter de nouveaux pleurs. Nous avions également déménagé le salon pour faire de la place pour la piste de danse, installé le buffet composé essentiellement de bonbons, chips, gâteaux et boissons sans alcool, décoré les murs de ballons et de guirlandes. Éric, qui allait faire le DJ pendant la soirée était également arrivé et avait installé son ordinateur et son matériel.

Les invités arrivèrent peu à peu. Les discussions étaient très animées, tout le monde était heureux de fêter la fin des cours et l'été qui s'annonçait. Quand Thibault arriva, il vint directement vers moi et me prit dans ses bras.

« Si je peux faire quoi que ce soit, surtout tu n'hésites pas d'accord ? »

Sa sollicitude me toucha en plein cœur. J'avais vraiment des amis fantastiques. Je lui souris courageusement et répondis :

« Merci. Tu es trop gentil. Mais là maintenant, je ne peux pas en parler, parce que sinon je vais me remettre à pleurer, et d'une part, je risque la déshydratation vu le nombre de larmes que j'ai déjà versées aujourd'hui, et d'autre part, j'ai promis à Julie de ne plus y penser jusqu'à demain et de profiter de la soirée… »

« OK, pas de problème, on va profiter de la soirée. On en parlera plus tard. D'ailleurs, j'aurais dû commencer par ça, mais tu es tout simplement sublime ce soir… Si je n'étais pas déjà fou de toi, je tomberais raide dingue à l'instant même ! me dit-il avec un regard sincère. »

Un sourire s'épanouit sur mon visage et le rouge me monta aux joues. Fidèle à ma promesse à Julie, je retrouvai mon âme de lycéenne et minaudai :

« Oh tu exagères… J'ai juste piqué un vieux truc dans l'armoire de Julie…

- Et moi comment tu me trouves ? répondit-il en entrant dans mon jeu. »

Je reculai et le détaillai d'un air faussement critique. Une paire de jeans, ma chemise préférée, impeccablement coiffé, il était à croquer.

« Pas mal, lui dis-je. »

Il me sourit puis nous allâmes au buffet prendre un verre de soda. Soudain, ma musique préférée retentit. Je me retournai vers le DJ et je vis Julie près de lui qui me regardait avec un grand sourire. Elle me fit des grands signes pour me faire comprendre qu'elle voulait que je danse. Personne ne s'était encore lancé. J'attrapai Thibault par la main et l'entraînai au milieu du salon. Nous commençâmes à danser et Julie nous rejoignit rapidement. Les autres invités se laissèrent emporter par l'ambiance de la soirée, et bientôt tout le monde se déhanchait au son du DJ.

Un peu plus tard, j'étais assise avec Thibault dans le canapé et j'observais Julie en pleine tentative de séduction sur Stéphane. Contrairement à moi, elle savait ce qu'elle voulait et n'avait pas peur de prendre l'initiative. Elle était une vraie fille du XXIème siècle quand j'avais conservé une attitude très fleur bleue de par mon éducation et mon entourage. Je l'enviai beaucoup pour ça, car cela lui donnait une liberté que je m'interdisais, consciemment ou non. Je tâchai donc de tirer des leçons de sa façon de faire. Stéphane ne savait pas où il mettait les pieds ! Il n'était pas au même lycée que nous, Julie le connaissait par ses cours au conservatoire de musique. Il n'avait pas l'air insensible à son charme d'ailleurs. Elle papillonnait autour de lui, saisissait chaque occasion de l'effleurer, lui parlait à l'oreille et lui décochait des sourires dignes des publicités pour dentifrice.

« Qu'as-tu prévu pour bien débuter tes vacances ? me demanda Thibault, m'arrachant à mon observation indiscrète.

- Eh bien normalement je vais rester quelque temps à Paris, et fin juillet je pars avec Julie et sa mère dans le Sud pour une semaine. Et en août d'habitude je pars avec mes parents dans un pays européen. Là on n'avait pas décidé encore, ça ne m'a pas étonné sur le coup, mais en fait maintenant je comprends mieux... »

Je m'arrêtai, car ma voix commençait à trembler. Le DJ, sans doute sur une nouvelle instruction de Julie, lança un slow. Sans un mot, Thibault m'entraîna sur la piste et me serra contre lui. Je me sentais tellement mieux dans ses bras. Il m'apaisait. Je me souvins alors qu'en me levant le matin même, j'avais prévu de faire l'amour avec lui ce soir. Était-ce vraiment le bon moment ? Avec tout ce qui c'était passé depuis ? Je repensais à Julie, tellement sûre d'elle et de ce qu'elle voulait. Je repensais à moi, toujours à hésiter, à être raisonnable, à faire ce que les adultes attendaient de moi. Et j'en eus assez. Cela ne m'avait rien apporté au final. Je voulais, pour une fois, faire ce dont moi j'avais envie, peu importe les conséquences.

J'attrapai la main de Thibault et l'emmenai vers la chambre de Julie. Nous entrâmes et je refermai la porte sans allumer la lumière.

« Mais qu'est-ce que... ? »

J'interrompis sa phrase en l'embrassant et en le poussant vers le lit. Il essaya de m'écarter, mais je me collai à lui et glissai mes mains sous sa chemise. Il se laissa finalement faire et me rendis mon baiser.

Pressée, je commençai à le déshabiller. Il m'interrompit soudain, immobilisa mes mains et alluma la lampe de chevet.

« Dis-moi ce que tu penses être en train de faire là exactement ? me lança-t-il.

- Pourquoi ? Je ne te plais pas ? Tu n'en as pas envie ?

- Envie de quoi ? De quoi tu parles ?

- De faire l'amour avec moi ! je ne suis pas assez bien c'est ça ? Pas assez sexy ?

- Ma belle, tu dis n'importe quoi. Tu me plais, infiniment. Et ce n'est pas facile pour moi de t'arrêter. Mais je ne veux pas tout gâcher …

- Tout gâcher ? Faire l'amour avec moi ça veut dire tout gâcher ?

- Non ! ce n'est pas ce que j'ai dit ! Faire l'amour aujourd'hui, ici, avec tout ce qui t'est arrivé, ça, ça gâcherait tout et j'ai envie que ce soit merveilleux pour toi et moi. Je sais que c'est important une première fois pour une fille. Je veux que tu sois sûre de toi, je tiens beaucoup trop à toi pour profiter d'un moment où tu es déboussolée.

- Mais je sais ce que je veux ! Je veux faire l'amour avec toi ! Je veux du sexe, coucher avec toi, baiser…

- Arrête ça tout de suite ! Ce n'est pas toi !

- Et alors ? C'est bien ce que vous voulez vous les garçons non ? Des filles qui n'ont pas froid aux yeux…

- Moi la fille que je veux c'est toi, ce n'est pas Julie, ni une allumeuse de passage. »

J'essayai de le faire taire en l'embrassant, mais il me repoussa et je tombai sur le lit. Quelque chose me gênait sous mon dos et j'en sortis Capitaine Flamme. Son unique œil me jetait un regard désapprobateur. Les larmes se remirent à couler sur mon visage, me transformant en panda en faisant couler mon mascara. Thibault me rejoignit par terre et me prit dans ses bras sans dire un mot. Son silence m'était précieux. Julie ouvrit alors la porte. Elle nous vit, analysa la situation et ressortit doucement. Je passai la fin de la soirée dans les bras de Thibault et je finis par m'endormir.

Je me réveillai quelque temps plus tard, seule. J'étais toujours dans la chambre de Julie, mais sous ses draps dans son lit. Quelqu'un m'avait également enlevé mes chaussures. J'entendis des voix parler doucement de l'autre côté de la porte. Par terre, à côté du lit, un matelas pneumatique avait été installé. Julie entra dans la chambre juste après.

« Qu'est-ce qui se passe ? lui demandai-je.

- Il est 2h du matin, tout le monde est parti depuis environ 1h, on rangera demain. Thibault t'embrasse, il ne voulait pas te réveiller. C'est lui qui t'a couchée, tu dormais tellement profondément, on aurait pu te faire tout ce qu'on voulait ! J'ai tenté de te gribouiller la figure histoire de rigoler un peu, mais ton chevalier servant m'en a empêché. C'était trop mignon !

- Ça ne m'étonne pas de toi… Mais je ne vais pas dormir dans ton lit, laisse-moi prendre le matelas par terre !

- Non, non, c'est bon, t'inquiète pas. Il est très confortable, rendors-toi, la journée a été longue, tu as besoin de récupérer pour y voir un peu plus clair. »

J'étais trop fatiguée pour argumenter, je refermai les yeux et me rendormis aussitôt.

Le lendemain matin, je me réveillai de bonne heure. Julie dormait encore, couchée en travers de son petit matelas, le drap repoussé en boule à ses pieds et l'oreiller sur la tête. Pendant un moment, je me demandai ce que je faisais là, puis les souvenirs de la veille me revinrent en mémoire. La nuit et la soirée avec mes amis m'avaient un peu apaisée et je ne sentais plus de vagues de larmes prêtes à déferler à tout moment. Mais j'étais toujours très malheureuse et je ressentais encore un profond sentiment de déception et de trahison au fond de moi. Je tentai de réfléchir à ce que j'allais faire désormais et me retournai plusieurs fois dans le lit de Julie, qui finit par grogner. Je ne souhaitai pas la réveiller, alors je décidai de me lever. J'enjambai son matelas en faisant bien attention et sortis de la chambre.

Personne d'autre n'était debout. Dans la cuisine, je mis la cafetière et la théière en route. Armée d'un rouleau de sacs poubelles, d'un balai, d'une éponge et d'une serpillière, je commençai à ranger le salon. Je rassemblai les gobelets en plastiques, jetai les restes du buffet, nettoyai les tables, remplis le lave-vaisselle, balayai et lavai le sol. Bizarrement, m'occuper les mains me permettait de me détendre et de faire le tri dans mes pensées. Quand Julie et sa mère se levèrent, j'étais en train de mettre cuire du pain perdu pour terminer de préparer la table du petit déjeuner.

« Tu devrais venir dormir ici plus souvent… me dit mon amie, regardant avec appétit ce qui se passait dans la poêle.

- Je suis bien d'accord avec ma fille, sourit sa mère, ça fait des années que je n'ai pas eu du café prêt au saut du lit ! Mais assieds-toi ! Je vais terminer le pain perdu. C'est toi qui as nettoyé tout le salon ?

- Oui, j'étais réveillée, et je voulais me rendre utile, répondis-je.

- Tu aurais dû nous attendre ! Il ne fallait pas faire tout ça toute seule ! reprit-elle. Et d'abord, comment as-tu réussi à faire tout ça sans nous réveiller ? Je sais bien qu'on a un sommeil lourd dans la famille, mais quand même...

- Je sais ! En fait, ce n'est pas elle, ce sont les petites souris de Cendrillon qui l'ont fait, c'était déjà nickel quand elle s'est levée et elle ne fait que tirer profit du travail de ses petites travailleuses discrètes, intervint Julie, affichant une mine des plus sérieuses. C'est vraiment moche, tu devrais avoir honte !

- Si c'est pour dire des âneries pareilles... tiens, prends une tranche de pain perdu et mange. Au moins, tant que tu auras la bouche pleine, on ne t'entendra plus raconter ces bêtises ! lui dit en souriant sa mère. Tiens, voilà une part pour toi aussi Louane. »

Leur complicité et leurs taquineries me faisaient sourire, mais me rappelaient en même temps ce que j'avais perdu dans ma propre famille. Est-ce que je pourrais le retrouver un jour ? Mère et fille continuaient à papoter comme si de rien n'était. Une ombre passa sur mon visage et je vis Julie lever un sourcil. Je n'avais d'un coup plus très faim, mais je me cachai derrière mon bol de chocolat au lait pour faire bonne figure.

« Qu'est-ce que tu veux faire aujourd'hui ? demanda Julie.

- Je ne sais pas trop, j'ai dit à Maman que je rentrerai ce soir, mais d'ici là...

- Il fait beau, intervint la mère de Julie, vous pourriez en profiter pour sortir ?

- Et pourquoi tu ne proposerais pas à Thibault de venir avec nous ?

- Oui OK, bonne idée. »

Ensuite, nous passâmes chacune notre tour dans la salle de bain pour nous doucher et nous préparer. Julie me prêta un jean et un débardeur, puisque sa mère avait mis mes vêtements à laver. Nous quittâmes l'appartement. Être à l'air libre me fit du bien. Il était encore tôt, mais j'appréhendai déjà le retour à la maison et l'affrontement avec mes parents. Thibault nous rejoignit et nous commençâmes à déambuler dans les rues, sans but précis. D'un accord tacite, personne n'abordait le sujet de ma famille. Je pouvais encore faire semblant, comme si ma vie était toujours la même. Arrivés vers Montmartre, nous montâmes les escaliers en courant et nous assîmes essoufflés au pied du Sacré Cœur, admirant Paris à nos pieds. J'adorais vraiment cette ville et toutes les possibilités qu'elle nous offrait. Ma famille était originaire de Bretagne, et j'avais des cousins du côté de mon père là-bas. À chacune de nos rencontres, nous comparions nos modes de vie et le leur ne me faisait absolument pas rêver : impossible d'aller au cinéma sans que les parents ne jouent les chauffeurs, même en pleine journée, un seul centre commercial, minuscule et loin d'être à la pointe de la mode, des rues désertes au milieu de l'après-midi, pas de quartiers historiques où partir en balade, pas de petit square à découvrir niché derrière un immeuble, pas de passages couverts avec des boutiques désuètes d'encadreurs, de tapissiers ou de libraires… La vie provinciale me donnait l'impression d'être d'une lenteur et d'un ennui insupportable. Ayant grandi uniquement à Paris, j'étais fière de me revendiquer comme citadine et Parisienne et je n'imaginais pas faire mes études et plus tard, faire ma vie ailleurs que dans ma ville lumière.

« À ton avis, qu'est-ce qui va se passer quand tu vas voir tes parents ? me demanda Thibault. Qu'est-ce que tu vas leur dire ?

- Je n'en sais rien… Dès que j'essaie d'y penser, mon esprit se bloque. Je n'arrive pas à accepter qu'ils m'aient menti depuis… combien de temps ? je ne sais même pas depuis quand mon père trompe ma mère, ni depuis quand elle est au courant. Ça se trouve, ils sont déjà en train de divorcer et ils n'ont pas jugé bon de m'informer…

- Je ne veux pas jouer l'avocat du diable, intervint prudemment Julie, d'après ma propre expérience, c'est normal que tu leur en veuilles, mais pour eux, la situation n'est pas facile non plus, surtout pour ta mère…

- Eh ! Tu es censée être de mon côté !!

- Et je le suis à 300%, c'est pour ça que je te dis ça. Je ne cherche qu'à t'aider à y voir clair. C'est normal que tu sois en colère, ils t'ont caché des choses importantes qui vont changer ta vie, et à ta place, je pense que j'aurais réagi encore plus mal. Ils ont fait un mauvais choix, surtout te connaissant comme ils sont censés te connaître. Mais…

- J'y crois pas ! Tu les défends ? Ils n'avaient pas le droit de me faire ça tu m'entends ? Pas le droit ! criai-je.

- Mais laisse-moi t'expliquer ! Essaie de prendre un peu de recul !

- NON ! je pensais qu'on était amies, et toi tu es du côté de mes parents ?

- Mais arrête !

- Et toi Thibault ? Tu es aussi dans leur camp à eux ? Le camp des traîtres ?

- Écoute Louane, ils n'ont pas assuré, on est bien d'accord, mais ce n'est pas comme s'ils s'étaient levés un matin en se disant « comment on va pouvoir blesser notre fille aujourd'hui ?" Ma mère m'a dit un jour que les adultes n'étaient que des grands enfants avec une carte bleue et le droit de vote, et plus ça va, plus je suis d'accord avec elle, j'ai souvent l'impression d'être plus mature que certains d'entre eux.

- Toi aussi ? Moi qui pensais pouvoir compter sur vous… »

Furieuse, je partis en courant et redescendis les marches. Julie et Thibault se lancèrent à ma poursuite. Je m'engouffrai dans la première bouche de métro que je croisai et sautai par-dessus le tourniquet, mes amis toujours derrière moi me criant d'arrêter. J'arrivai sur le quai quand le signal sonore de fermeture des portes de la rame retentit. Les portes se refermèrent, moi à l'intérieur, Julie et Thibault à l'extérieur. Et le métro m'emmena.

Mon téléphone se mit à vibrer dans ma poche presque immédiatement. Sans surprise, le numéro de Julie s'afficha. Je ne décrochai pas et laissai le répondeur prendre le relais. Néanmoins, quelques secondes plus tard, le téléphone se remit à sonner. Je savais qu'elle était du genre têtu et qu'elle insisterait jusqu'à ce que je décroche ou que je coupe mon téléphone.

J'étais encore fâchée, et je ne voulais parler à personne. Je voulais juste rentrer chez moi et rester toute seule. Je finis par lui envoyer un texto « Je rentre chez moi, je t'appelle plus tard ». Je reçus sa réponse quelques secondes plus tard « OK. Comme tu veux. Prends soin de toi, et n'hésite pas si tu as besoin de moi. On s'est mal comprises, je suis de ton côté quoiqu'il arrive ».

J'arrivai chez moi et m'arrêtai devant la porte. J'espérais que mes parents ne soient pas là. J'entrai doucement. L'appartement était vide. J'allai m'enfermer dans ma chambre. Capitaine Flamme était malheureusement resté chez Julie. J'entrepris de redécorer complètement l'espace. Les stickers en forme de fleurs collés au mur, la parure de lit rose et blanche, la collection de nounours, les oreilles de Mickey, le réveil matin musical… Je me sentais soudainement en décalage avec tous ces repères et tous ces souvenirs de mon enfance.

J'allais donc chercher des cartons dans le débarras et commençais à trier. Ma mère arriva un peu plus tard. Elle passa la tête par la porte, m'observa puis, comme je ne m'arrêtais pas, me laissa à mon rangement sans dire un mot. J'y passai tout l'après-midi. À la fin, les murs étaient complètement nus, j'avais refait le lit avec une parure sobre que j'avais récupérée dans l'armoire de la chambre de mes parents. Des sacs de vêtements étaient entassés dans le couloir. Des cartons pleins des vestiges de mon enfance étaient empilés à côté de la porte. Je projetais de tout donner à une association caritative.

Ma mère me rejoignit alors et s'assit sur mon lit. Ma première réaction fut de faire semblant de ne pas la voir, mais j'avais fait tellement de ménage qu'il ne me restait rien à faire. Soupirant, je me laissai tomber sur la chaise de mon bureau et lui fis face.

« Louane, commença-t-elle, je ne peux qu'imaginer ce que tu ressens. Je suis désolée que tu aies découvert la situation comme ça. Je t'assure que tout ce que l'on souhaitait c'était de te préserver au maximum. Ton père et moi… hésita-t-elle.

- « Ton père et moi ne nous aimons plus, mais cela ne change rien au fait que tu es notre fille, que nous t'aimons de tout notre cœur… blablabla… nous allons divorcer… blablabla » … Tu me fais le discours standard des parents qui divorcent… l'interrompis-je. »

Je m'aperçus alors que j'étais totalement exténuée et lasse. Toute la colère, la peine, la déception que j'avais ressenties jusque-là m'avait quittée, me laissant comme vide et incapable de ressentir quoi que ce soit.

« Non Louane, je ne peux pas te laisser dire ça. Il ne s'agit pas d'un discours « standard », car aucune séparation ne l'est. Cela fait quelque temps déjà que cela n'allait plus avec ton père, et il a trouvé quelqu'un d'autre. Il n'aurait pas dû la ramener ici, mais cela n'est pas le sujet aujourd'hui. Nous ne sommes plus heureux ensemble. On a essayé de sauver notre couple, mais cela n'a pas fonctionné. Je sais que les prochaines semaines vont être difficiles à traverser pour nous trois, mais nous serons plus heureux séparément qu'ensemble. Est-ce que tu peux comprendre ? »

Elle avait l'air convaincue de ce qu'elle disait. Elle souhaitait réellement obtenir mon approbation. Mais je voulais en savoir plus. Froidement, je cherchai donc à obtenir des détails pour satisfaire ma curiosité malsaine.

« Depuis combien de temps il te trompe ? Depuis quand avez-vous décidé de divorcer ? Quand comptiez-vous me prévenir ?

- Il y a des choses qui ne te regardent pas. C'est entre ton père et moi. Néanmoins, je peux te dire qu'on a décidé de divorcer il y a un mois environ et on pensait t'en parler très prochainement, une fois l'année scolaire terminée et qu'on aurait eu une idée de la future organisation.

- Et vous avez pensé à moi ? Dans votre super nouvelle organisation, vous vous battez pour savoir qui aura la malchance de récupérer le boulet, mauvais souvenir de votre histoire ?

- Tu ne peux pas dire des choses comme ça, et tu sais très bien que c'est faux. Nous souhaitons que ce changement t'impacte le moins possible, on ne veut pas te changer de lycée, de ville. Tu abordes les années les plus importantes de ta vie, la fin du lycée, tes études supérieures, tes amis, ton petit ami ne croit pas qu'on ne soit pas au courant, ce sont des éléments déterminants pour ta vie d'adulte et nous ne voulons pas tout bousculer.

- Eh bien, restez ensemble !

- Ma chérie, ce n'est pas possible, je te jure qu'on a tout essayé, on a même vu un conseiller conjugal. On s'est rencontrés et mariés très jeunes, il n'y a tout simplement plus d'amour entre nous deux. Mais nous t'aimons tous les deux infiniment.

- Si vous m'aimez tant, pourquoi Papa n'est pas là ? Il se fiche de ce que je ressens ?

- Non, me répondit-elle. Il va arriver très bientôt. Il fallait d'abord que je t'explique. Ce n'est pas la liaison de ton père qui est responsable de notre séparation. Notre mariage était terminé bien avant. »

Nous entendîmes la porte d'entrée s'ouvrir puis se refermer. Mon père apparut bientôt dans l'encadrement de la porte. Ma mère se leva :

« Je vous laisse discuter. Je vais aller commander chinois. Appelez-moi si vous le souhaitez. »

Et elle quitta ma chambre en lançant un regard très appuyé à mon père. Celui-ci prit la place laissée vacante sur le lit. Il semblait mal à l'aise, mais finit par se lancer :

« Ma petite princesse... D'abord, je te demande pardon. Je n'aurais jamais dû amener Myriam ici.

- Myriam ? demandai-je.

- C'est... la personne avec laquelle tu m'as vue.

- Ta maîtresse en fait...

- Je... Ce n'est pas... C'est une personne à qui je tiens beaucoup.

- Et Maman ? Et moi ? Tu te fiches de nous ? On ne compte plus pour toi ?

- Au contraire, vous comptez toutes les deux énormément pour moi. Ta mère restera pour toujours mon premier Amour et j'aurais toujours infiniment d'affection et de tendresse pour elle. Mais je ne ressens plus d'amour pour elle, et elle non plus ne m'aime plus. Ne crois pas que cela ne nous rend pas tristes, on était persuadés de finir notre vie ensemble. On a essayé plein de choses pour faire renaître la flamme, mais il n'y a plus rien. C'est la vie, ce sont malheureusement des choses qui arrivent.

- Et moi ?

- Toi tu es et tu resteras ma petite princesse. Et rien ne changera ça, jamais. On a eu tort de ne pas t'en parler avant. Tu es assez grande aujourd'hui pour que l'on te parle en adulte et on n'aurait pas dû te cacher notre décision de divorcer. Je pense qu'il n'est pas trop tard, on va s'asseoir autour d'une table et discuter ensemble de ce qu'il est le mieux de faire pour chacun d'entre nous. Qu'en penses-tu ? »

Je ne trouvais rien à répondre à mon père. Je ne reconnaissais plus mes parents. C'était comme s'ils avaient été remplacés par deux étrangers. La sonnerie de l'interphone retentit, et on entendit Maman discuter avec le livreur. Elle passa ensuite la tête par la porte.

« Vous venez manger ? dit-elle. »

Et nous nous rendîmes dans la salle à manger. Nous déballâmes les plats chinois et commençâmes à manger. Mes parents tentaient de faire la conversation, mais je ne disais rien. J'avais trop de nouveaux éléments à assimiler.

Tous les jours et tous les soirs des jours qui suivirent se déroulèrent de la même manière. Les automatismes de notre ancienne vie étaient encore bien ancrés : le choix du programme télé, l'ordre de passage dans la salle de bain, les taquineries… Mais il y avait quelque chose de cassé dans notre routine et je parlais peu ou pas et passais la majorité de mon temps dans ma chambre à regarder le plafond. Julie et Thibault avaient essayé de m'appeler, mais je ne répondais pas. Mon amie était même passée, mais je n'avais rien trouvé à lui dire, alors elle avait fini par repartir en me laissant Capitaine Flamme. Mes parents s'inquiétaient et tentaient quotidiennement de me sortir de mon mutisme, sans succès. Ma mère avait pris des congés pour rester avec moi tandis que mon père rentrait suffisamment tôt pour dîner avec nous. Malgré leurs efforts, rien ne m'atteignait. Je n'étais plus en colère, mais je restais amorphe, je n'avais envie de rien.

Deux semaines plus tard, j'étais en train d'explorer les placards à la recherche de quelque chose à grignoter quand ma mère entra dans la cuisine. Mon père était encore au bureau. Elle me dit :

« Louane, ça ne peut plus durer, tu n'es plus toi-même, tu ne vois plus tes amis, Julie m'a appelée, elle aussi s'inquiète pour toi... »

Je ne répondis rien et attendis la suite. Elle continua :

« On a beaucoup réfléchi avec ton père. On pense que tu as besoin de changer d'air, de changer d'environnement. Alors on a appelé Mamie en Bretagne, et elle est d'accord, tu vas aller passer quelque temps avec elle. En plus, elle s'est fait mal au dos, elle sera contente que tu t'occupes un peu d'elle. Elle sait que ton père et moi nous séparons. »

Je ne m'attendais pas du tout à ça. Ils m'envoyaient chez ma grand-mère ? Je l'adorais, mais je détestais la campagne.

« Tu ne dis rien ? reprit ma mère.

- Je n'ai pas eu l'impression que tu me demandais mon avis là si ? répondis-je cyniquement.

- Bien sûr que si je te demande ton avis ! Tu ne penses pas que cela te ferait du bien de t'éloigner quelque temps ?

- M'éloigner ? m'emportais-je, et pourquoi vous ne vous éloignez pas, vous ? Ou pourquoi Mamie ne vient pas ici si vous voulez que je la voie ? Pourquoi je dois aller dans ce village perdu au milieu de la forêt et des champs ?

- Louane, tu n'es pas raisonnable. Je t'ai dit que ta grand-mère s'est fait mal au dos et tu veux qu'elle prenne le train ? C'est un bon compromis, tu prends l'air en t'occupant de Mamie.

- Et si je ne veux pas y aller ? Si ça me plaît, à moi, de passer mes vacances ici à ne rien faire ?

- Ne dis pas de sottise, tu te comportes comme une gamine capricieuse ! Tu es presque une adulte maintenant, il serait temps de te comporter comme tel ! De toute façon, ton billet est acheté, tu pars demain matin, alors va faire ta valise ! Et tu laisseras ton téléphone ici ! Un peu d'introspection te fera du bien !

- C'est ça ! Débarrassez-vous de moi ! C'est ce que vous vouliez depuis le début ! De toute façon je ne veux plus vous voir ! »

Et je sortis de la cuisine sans lui laisser le temps de me répondre. Arrivée dans ma chambre, je sortis mon sac de voyage et commençai à préparer mes affaires. Le dîner, ce soir-là, fut particulièrement lugubre. Ma mère et moi campions chacune sur nos positions. Mon père essaya bien de me parler, mais renonça face à mon air buté. Le lendemain matin, dans un silence à couper au couteau, il m'accompagna jusqu'à mon train. Je n'avais pas reparlé à ma mère. Je montai dans la voiture et gagnai la place indiquée sur mon billet. Peu après, le TGV ferma ses portes et m'emporta loin de Paris.

Mamie m'attendait à l'arrivée du train. Elle était accompagnée d'une femme, bien plus jeune qu'elle, à la chevelure rousse flamboyante.

« Ma douce Louane ! Te voilà enfin ! Comment s'est passé ton voyage ? me demanda Mamie. »

J'étais sincèrement contente de la voir, et le premier sourire depuis longtemps perça sur mon visage.

« Bonjour Mamie ! Oui ça a été, lui répondis-je. Bonjour Madame, ajoutai-je à destination de son amie.

- Ma chérie, excuse-moi, où avais-je la tête ? Je te présente Vic. Elle est herboriste et magnétiseuse, c'est elle qui soigne mes douleurs au dos. Comme je ne peux pas encore conduire, elle a accepté de le faire pour venir te chercher.

- Bonjour Louane, je suis ravie de faire ta connaissance, ta grand-mère m'a beaucoup parlé de toi, dit Vic.

- Bonjour Vic, lui répondis – je, intriguée. Je ne connais rien du tout en herboristerie et en magnétisme.

- Si tu le souhaites, je pourrais t'expliquer quelques principes de base, proposa Vic.

- Euh… je ne sais pas…

- Tu n'es pas obligée bien sûr ! Allez, mesdames, allons-y, j'ai des courses urgentes à faire après vous avoir déposées.

- Alors en route ! s'exclama Mamie, pleine de bonne humeur. Louane, je t'ai préparé ton dessert préféré. Et j'ai aussi plein de confitures maison à la cave, et j'ai fait des courses, toujours grâce à Vic. J'ai pris des céréales, du chocolat, du popcorn, du coca… »

Mamie était une grande bavarde, et elle ne nous laissa pas placer un mot jusqu'à ce que Vic ne nous dépose devant la maison.

Les premiers jours chez ma grand-mère furent d'un ennui mortel. Privée de mon téléphone et d'Internet, j'étais de retour à la préhistoire. Je ne prenais même pas la peine de m'habiller. Je me levais vers midi, traînais devant la télé, me douchais, déjeunais avec Mamie puis restais amorphe devant l'écran tout le reste de la journée. Je refusais également tout contact avec mes parents. Je voyais bien que cela faisait de la peine à ma grand-mère et qu'elle essayait de me changer les idées en me proposant des sorties, en me racontant les potins du village ou en prétendant avoir besoin de mon aide pour faire son jardin, son ménage ou ses courses. Elle tenta même une fois d'aborder directement le sujet du divorce de mes parents, mais abandonna rapidement face à mon air buté. Je m'enfonçais plus ou moins volontairement dans mon marasme.

Un soir, elle invita son amie Vic à venir dîner et me demanda de faire un effort pour la soirée. Vic arriva, dans un tourbillon de jupons colorés et de bijoux en toc cliquetants, accompagnant ses pas d'une douce musique de clochettes. Mamie et elle se mirent à discuter de tout et de rien tout en finissant de préparer le repas et en mettant la table. Pour ma part, je ne participais ni n'écoutais la conversation. Même si je m'étais habillée pour faire plaisir à ma grand-mère, j'étais scotchée devant une diffusion de jeux japonais complètement abrutissants. Un silence soudain me fit tourner la tête vers Mamie et Vic. Les deux me regardaient avec l'air d'attendre quelque chose de moi. Je haussai légèrement les sourcils pour marquer mon incompréhension.

« Vic t'a demandé si tu te plaisais ici, me dit Mamie.

- Bof, répondis-je laconiquement.

- Ah bon ? reprit Vic. Pourtant tu as la chance d'avoir un super temps ! Et d'être dans une maison avec jardin, pas d'être enfermée entre quatre murs dans la grisaille parisienne !

- Mouais… bof… » fut tout ce qu'elle obtint de moi.

« Que fais-tu de tes journées ? ». Décidément, elle insistait.

« Rien », répondis-je.

Le minuteur du four interrompit ce simulacre de conversation me libérant, enfin je l'espérais, de toute autre interaction sociale pour la soirée. Nous dégustâmes les plats préparés par ma grand-mère. Elle avait cuisiné végétarien, car Vic ne mangeait pas de viande. Je mâchouillai quelques bouchées malgré mon manque d'appétit afin de me fondre dans le décor. Mamie ayant coupé la télé, je fixais sans les voir les motifs de la nappe sortie pour l'occasion. Mais c'était sans compter sur Vic qui revint à la charge avec ses questions quand Mamie s'absenta pour aller chercher le dessert.

« Alors Louane ? Que comptes-tu faire pour animer un peu tes vacances ? Prendre des cours de voile ? Te mettre à un sport ? Lire ? Apprendre la broderie avec ta grand-mère ?

- Non… Rien, répondis-je, espérant vainement qu'elle me laisserait tranquille.

- J'ai une idée ! Le gamin qui devait m'aider cet été à l'herboristerie m'a fait faux bond. Pourquoi est-ce que tu ne le remplacerais pas ? Tu pourrais venir faire un essai un jour ou deux. Tu serais payée évidemment, et comme ça tu sortirais un peu d'ici ! »

Mamie revint à table à ce moment-là.

« Mais c'est une très bonne idée ! Qu'en penses-tu Louane ?

- Non, je n'en ai pas envie !!! leur criai-je. »

Ma réponse brutale jeta un froid. Nous mangeâmes la tarte aux framboises dans un silence de cathédrale. Mamie semblait au bord de l'apoplexie. Je réalisai alors que cette proposition d'emploi ne devait rien au hasard et que toute cette soirée n'avait été organisée que pour cela. Le thé fut rapidement expédié et Vic aida ma grand-mère à débarrasser avant de prendre congés. À peine la porte refermée, Mamie explosa :

« Comment as-tu pu être aussi malpolie et désagréable envers mon amie ? Elle essaie de t'aider et tu l'envoies balader comme ça ? Mais où est passée ma petite fille ? Tu n'as pas été élevée comme ça jeune fille ! Et ce qui se passe en ce moment entre tes parents ne te tiendra pas lieu d'excuse ! Je n'aurais jamais cru que cela arriverait un jour, mais ce soir tu m'as fait honte… J'ai honte de ma petite fille ! »

Et elle se laissa tomber sur une chaise, se cacha le visage derrière ses mains et éclata en sanglots. Sa tirade, le fait de l'avoir déçue aussi profondément et de la voir en larmes à cause de moi agirent comme un électrochoc. Je tenais infiniment à ma grand-mère et je m'en voulais terriblement de lui avoir fait du mal avec mon égoïsme et mon égocentrisme. Je réalisai soudain tous les efforts qu'elle avait déployés pour moi depuis mon arrivée, juste pour m'aider, par amour, et moi je m'étais comportée comme une sale gamine capricieuse. Et j'eus profondément honte de moi et de mon comportement. Mamie avait raison, je n'avais certainement pas été élevée comme ça. En larmes moi aussi, je me jetai à ses pieds et écartai ses mains pour la regarder dans les yeux.

« Pardon !! Pardon Mamie !! Je suis tellement désolée ! Je ne sais pas pourquoi j'ai fait ça ! Je suis nulle ! La plus nulle des petites filles ! Pardonne-moi ! Je vais me racheter, je te jure ! Dis-moi ce que je dois faire ! J'irai m'excuser auprès de Vic je te le promets ! Et je vais arrêter la télé ! Et j'appellerai Maman et Papa ! Arrête de pleurer s'il te plaît ! Dis-moi que tu me pardonnes ! Pardon Mamie ! Je t'aime ! Je ne voulais pas te décevoir je te jure ! Ni te blesser ! Pardon ! Pardon ! Tu m'en veux ? Dis que tu vas me pardonner Mamie s'il te plaît… Tu es la grand-mère la plus géniale du monde et moi la plus nulle des petites filles ! Mais je vais me rattraper, je te le promets ! Parle-moi ! Dis quelque chose ! »

Et je m'arrêtais de parler, à bout de souffle, attendant un signe. Elle me sourit à travers ses larmes.

« Eh bien, nous voilà belles toutes les deux avec nos yeux rouges et nos nez qui coulent ! me dit-elle. Viens me faire un câlin ma chérie ! Et ne t'avise pas de dire que ma petite fille est nulle ! Ce n'est pas vrai ! Elle a un grand cœur très sensible qui s'est caché derrière une barricade pour ne plus avoir mal… Mais il faut avoir mal ma chérie. Ça fait partie de la vie. Sinon on devient un monstre seul et malheureux. Alors, laisse sortir ton cœur, détruis cette vilaine barricade…

- Mais j'ai peur, lui murmurai-je, blottie dans ses bras.

- Je sais, c'est pour ça que je suis là, je vais t'aider. Faut bien que ça serve des fois les grands-mères ! Allez, laisse-toi aller une bonne fois, ça te fera du bien, fais-moi confiance ».

Et là, un barrage céda en moi. J'avais déjà versé beaucoup de larmes de déception, de colère et de frustration. Mais les larmes qui s'écoulèrent sur la robe de ma grand-mère furent un véritable soulagement, un apaisement. Nous restâmes ainsi un long moment, sanglotant toutes les deux, évacuant le trop-plein d'émotions de ces dernières semaines. Puis, épuisées d'avoir tant pleuré, mais aussi apaisées, nous allâmes nous coucher et nous endormîmes immédiatement.

4

Le lendemain, je me réveillai pleine de bonnes résolutions. Je pris mon petit déjeuner avec Mamie puis l'aidais à faire le ménage. Pendant le déjeuner, nous discutâmes de mon programme de l'après-midi :

« D'abord, je vais aller à l'herboristerie m'excuser auprès de Vic. Ensuite, je voudrais envoyer quelques mails, tu sais où je pourrais trouver une connexion pour mon ordinateur portable ?

- Oui, le café au centre du village. Tous les jeunes du coin y vont et je pense avoir vu une affiche sur leur vitrine qui parlait d'Internet.

- OK, j'irai voir et je passerai au magasin, ce soir, c'est moi qui cuisine !

- Comme tu veux ma belle. Mais pour faire tout ça, il te faut un moyen de locomotion. Tu n'as qu'à prendre mon vélo.

- D'accord ! Merci Mamie ! Et ce soir j'appellerai Papa et Maman.

- Oui, ils seront contents de t'avoir au téléphone. Allez, finis de manger, tu as beaucoup de choses à faire ! »

Nous terminâmes le repas et peu après, munie d'un sac à dos contenant mon ordinateur, j'enfourchais la bicyclette de ma grand-mère, direction le centre du village où se situait l'herboristerie de Vic. J'attachai le vélo à un lampadaire et, un peu anxieuse, mais résolue, je franchis la porte du magasin. Une clochette retentit doucement. Je fus tout de suite impressionnée par l'atmosphère apaisante qui régnait dans la boutique.

« J'arrive dans une minute ! lança Vic depuis ce que je supposais être la réserve. »

En attendant, j'observai les étagères pleines de pots contenant des liquides, des poudres ou des baumes. Des fleurs et des herbes pendaient également du plafond. De la poussière s'éleva quand, juchée sur un petit marchepied, j'attrapais un pot sur le haut d'un présentoir. L'ordre de rangement échappait à ma logique. Tout semblait avoir été disposé au hasard, et je me demandais comment Vic faisait pour s'y retrouver. Néanmoins le mélange des senteurs créait une harmonie qui me subjuguait. Un quart d'heure plus tard, alors que j'inspectais des flacons d'huiles essentielles, Vic se montra enfin.

« Louane ? Quelle bonne surprise ! Que fais-tu ici ? Ta grand-mère a besoin de quelque chose ? Elle n'est pas malade au moins ?

- Non, non. Elle n'a besoin de rien. C'est moi qui voulais te voir pour te présenter mes excuses pour hier soir. Je me suis vraiment mal comportée et j'en suis désolée. Je pourrais essayer de me justifier, mais mon attitude n'est pas excusable. Donc voilà, j'espère que tu accepteras mes excuses et que tu reviendras dîner avec nous bientôt.

- Ne t'inquiète pas, je comprends. Et... »

Elle fut interrompue par l'arrivée d'une cliente.

« Madame Guiton ! Bonjour ! Comment allez-vous ? De quoi avez-vous besoin aujourd'hui ?

- Bonjour Vic. On fait aller... Mais vous savez, je suis de plus en plus vieille ! Alors ces chaleurs... ça me fait des jambes toutes gonflées ! Vous auriez quelque chose pour me soulager ?

- Mais oui bien sûr ! J'ai un mélange tout frais à base de vigne rouge à boire en infusion, cela vous conviendrait ?

- Oui parfait ! J'adore vos infusions !

- Super ! Bon, où ai-je bien pu la ranger ?

- Toujours aussi désorganisée à ce que je vois ! la taquina la cliente.

- Eh oui ! On ne se refait pas ! Mais je vais le trouver, ne vous inquiétez pas ! »

Et Vic commença à farfouiller sur les étagères. Madame Guiton et moi attendions tranquillement. Au bout de cinq minutes, j'osai :

« Vic, est-ce qu'il s'agit d'un flacon avec une plume et marqué « vigne » dessus ?

- Oui c'est ça ! La plume pour la légèreté bien sûr ! C'est du marketing ! Tu l'as vu ?

- Oui tout à l'heure en t'attendant. Il est sur la deuxième étagère à droite, derrière le laurier séché.

- Oui ! Bravo ! Voilà Mme Guiton ! »

Vic termina de s'occuper de sa cliente puis se tourna vers moi :

« Tu as une bonne mémoire !

- Disons qu'en appartement à Paris, on apprend à organiser l'espace et à se souvenir d'où sont rangées les choses.

- Et comment réorganiserais-tu ma boutique ?

- Euh… Et bien… Je crois que je commencerais par regrouper les produits par thème par exemple « cosmétique » ou « santé ». Et peut-être un présentoir pour les produits saisonniers ? Comme cette infusion pour les jambes lourdes ?

- C'est d'accord ! Tu es embauchée, tu commences demain.

- QUOI ?

- Je suis sûre que tu vas adorer, je t'ai vue observer tous mes produits quand j'étais derrière. Tu seras payée bien sûr, et on commencera par un mi-temps, que tu puisses aussi profiter de tes vacances. Alors tu es d'accord ?

- Euh… »

Je réfléchis à toute vitesse. C'est vrai que cette boutique et son ambiance m'intriguaient. Et toutes les vertus des plantes que j'allais pouvoir découvrir… Et Mamie qui serait tellement contente…

« D'accord ! répondis-je finalement. Mais ça veut dire que tu ne m'en veux plus ?

- Je ne t'en ai jamais voulu ! Moi aussi j'ai été jeune… me répondit-elle dans un sourire. »

Nous discutâmes encore quelques instants puis je pris congé afin de poursuivre mon programme en trouvant une connexion internet. Mon vélo n'avait pas bougé. Je rejoignais la place centrale du village où un café faisait face à la mairie. Mamie avait bien vu. En dessous d'une publicité pour une course d'orientation en forêt, une affiche sur la porte indiquait la disponibilité d'un réseau wifi. Nous étions au milieu de l'après-midi et la salle était vide. Derrière le bar, un homme entre deux âges réapprovisionnait les réfrigérateurs. Il se retourna en m'entendant entrer.

« Bonjour Mademoiselle ! Tu es la petite fille de Martine n'est-ce pas ? Tu as ses yeux !☐ »

Décidément, j'avais bien quitté le confort que me procurait l'anonymat de ma ville lumière.

« Bonjour ! Oui c'est moi, je voudrais me connecter à Internet avec mon ordinateur. C'est possible ?

- Oui bien sûr. Installe-toi, je vais chercher le code wifi.

- Super ! Est-ce que je pourrais également avoir un diabolo fraise ?

- Je t'apporte cela. »

Je m'installai près de la fenêtre pour avoir vue sur la place. Roger, le barman, m'apporta mon verre et un morceau de papier avec la clef de sécurité du réseau sans fil.

J'ouvris ma boîte mail et mes comptes Facebook et twitter. Je fus touchée de voir que Julie et Thibault m'avaient envoyé des messages malgré la façon dont je les avais traités. Je m'empressai donc de leur répondre. Après m'être excusée, je leur dis à quel point ils me manquaient, et que j'allais occuper mon temps en province à travailler dans une herboristerie, ce qui me permettrait de leur offrir une pizza à mon retour à Paris.

J'en profitai ensuite pour surfer sur Internet, j'allais lire les derniers potins people et regarder les vidéos les plus commentées. Je cherchai aussi les différentes activités possibles autour du village. À mon grand désarroi, et malgré une bonne heure de recherche, je ne trouvai rien de bien passionnant pour les jeunes de moins de 20 ans. Je poussais un soupir de dépit quand la porte du café s'ouvrit sur une bande d'ados se chamaillant en riant.

« Salut Roger ! s'exclama l'un d'eux. Tournée de cocas s'il te plaît, c'est Manu qui paye !

- OK je vous amène ça. »

La bande se dirigea ensuite vers le billard qui trônait au fond du bar et que je n'avais pas encore remarqué. L'un d'eux me rejoignit à ma table.

« Salut !

- Bonjour.

- Tu es nouvelle dans le coin ?

- Qu'est-ce qui te fait dire ça ?

- Eh bien, et d'une, je ne t'ai jamais vue, et de deux tu es scotchée devant un PC alors qu'il fait beau dehors.

- Effectivement, je viens rendre visite à ma grand-mère.

- Tu es là pour longtemps ?

- Quelques semaines. Pourquoi ?

- Tu risques de trouver le temps long si tu ne sors pas de ton coin…

- Je suis bien « dans mon coin » comme tu dis, et en plus j'ai décroché un boulot à mi-temps.

- Ah oui ? Où ça ?

- Chez Vic, à l'herboristerie.

- Sérieux ? Eh les gars ! Notre nouvelle amie bosse chez la sorcière !

- Qu'est-ce que tu racontes ? lui répondis-je, outrée. Elle est très sympa ! Originale peut-être, mais certainement pas une sorcière ! Et c'est aussi une amie de ma grand-mère…

- « Et c'est une amie de ma grand-mère » … ça c'est de l'argument irréfutable ! se moqua-t-il.

- Laisse-la tranquille Pierre ! intervint un grand brun. En plus tu ne sais rien, tu parles pour ne rien dire.

- Manu, le chevalier blanc de ces dames… Je n'ai rien inventé. Plusieurs personnes l'ont déjà vue errer autour de la forêt… Il paraît même que les nuits de pleine lune elle danse nue autour d'un feu en invoquant les esprits…

- Mais tu racontes vraiment n'importe quoi ! le coupa Manu. Elle est herboriste, c'est normal qu'elle aille en forêt… Et pour le feu, ceux qui colportent ces bobards ont certainement abusé d'herbe justement !

- OK, OK. Elle verra par elle-même, quand la sorcière se servira d'elle pour un sacrifice rituel ! »

Et il se retourna vers le billard en ricanant. Manu en profita pour s'installer devant moi :

« Salut, moi c'est Manu. Excuse mon pote Pierre, il ne peut jamais s'empêcher de la ramener. Comment tu t'appelles ?

- Louane.

- Enchanté Louane. Tu veux venir faire un billard avec nous ?

- Euh…

- Si c'est Pierre qui t'inquiète, il ne t'embêtera plus, j'y veillerai.

- Je sais très bien me défendre toute seule !

- Je n'en doute pas ! Allez viens, les autres sont moins bêtes que lui. »

J'hésitai. Une fille de la bande m'interpella alors :

« Eh toi ! Tu ne veux pas venir jouer ? On veut faire une partie filles contre garçons et il nous en manque une…

- Ils ne savent pas jouer au billard à la ville, ils passent leur vie sur leur « smartphone » ou leur PC comme elle, railla Pierre.

- Ah oui ? Tu crois ça ? OK, j'arrive, tu vas voir comment on joue « à la ville » ! ».

Et c'est ainsi que je rencontrai ceux qui allaient devenir ma bande de l'été. En plus de Manu et Pierre, il y avait Gwendal, Maëlys et Tiphaine. Gwendal et Tiphaine étaient en couple, ce qui me rendit l'absence de Thibault encore plus pesante. La première partie de billard fut gagnée par nous, les filles, ce qui nous permit de chambrer les garçons et en particulier Pierre pendant un long moment. La revanche fut remportée de justesse par les garçons. La dernière partie fut très âprement disputée. Tentatives d'intimidation ou de corruption, mais aussi chantage affectif ou grimaces, tout y passa pour essayer de perturber l'adversaire. Au final, Manu, Pierre et Gwendal s'imposèrent d'un cheveu, pour notre plus grand désespoir. Pierre entama une danse de la victoire à travers le café, qui s'était rempli en cette fin de journée. Pour le faire taire, Maëlys proposa une dernière tournée de diabolos avant de rentrer. Je n'avais pas vu passer l'après-midi. Spontanément, la bande me proposa de les rejoindre le jour suivant.

Mamie avait été ravie d'apprendre que j'allais travailler avec Vic et qu'en plus je m'étais fait des amis. Le lendemain, en arrivant à l'herboristerie, je discutais avec Vic de la réorganisation de ses étagères. Elle me proposa de m'en charger et de commencer par faire l'inventaire. Ainsi, elle m'expliquerait la fonction de chaque produit, ce qui m'aiderait à mettre en place mon système de rangement.

En fin de matinée, je n'avais pas fini l'inventaire, mais j'avais mis une sacrée pagaille dans la boutique. J'avais descendu de leurs étagères presque tous les bocaux, fioles et autres boîtes, accompagnés d'une sacrée dose de poussière. J'avais même hurlé et failli m'étaler par terre en tombant sur un cadavre d'araignée ! Cela avait beaucoup amusé Vic, qui soulevait un à un les produits avec des commentaires parfois étranges : « Parfait pour diriger les flux ! Je croyais que je n'en avais plus ! » ou « Hmmmm… cette poudre de peau de lézard est périmée ! » ou « Madame Lagardère va être ravie, je vais pouvoir réveiller la vigueur de son mari ! ». Je n'arrivai jamais à savoir quand elle était sérieuse ou quand elle se moquait de moi.

Vic me laissa partir malgré ma tâche inachevée. Je rentrai déjeuner avec Mamie puis rejoignis la bande. Petit à petit, une routine s'installa. Le matin, je travaillais à l'herboristerie que j'avais réussi à réaménager sans lui faire perdre son charme. Vic n'était pas avare de ses connaissances et passait un temps fou à m'expliquer les différentes vertus des plantes, les façons de les travailler pour obtenir les effets souhaités, quand, où et comment les récolter… Je la secondais également dans son petit jardin où elle faisait pousser quelques spécimens. À midi, je retournais déjeuner avec Mamie puis nous discutions ou jouions aux cartes. Vers le milieu de l'après-midi, je rejoignais le plus souvent la bande pour des balades en forêt, une découverte de la voile ou des parties de billard. Parfois, je passais voir Manu, qui avait décidé de me faire changer d'avis sur la province et me faisait découvrir le coin. Je voyais aussi Maëlys dont j'étais rapidement devenue proche. Son extravagance me rappelait Julie. Elle voulait tout savoir sur ma vie dans la capitale, car elle se rêvait chanteuse et attendait impatiemment sa majorité pour tenter sa chance. Elle se faisait un plaisir de me raconter les ragots sur les gens du coin. Elle m'apprit qu'elle était sortie un moment avec Manu, mais qu'ils avaient rompu récemment, sans rancune.

Le week-end, j'accompagnai Mamie aux animations organisées par le village et aux alentours. Bal, Loto, brocante... Moi qui croyais que plus personne ne faisait ça ! Si j'étais un peu sceptique au début, je trouvais vite ma place auprès de Mamie. J'aimais la bonne humeur qui régnait dans ces moments conviviaux. Tout le monde savait tout sur tout le monde. C'était très perturbant pour moi, la citadine pure souche ! Mais je découvrais qu'il y avait finalement du bon à ne pas être un anonyme pour ses voisins : chacun aidait son voisin. Rendre visite aux personnes âgées ou malades, aider celui qui devait monter son abri de jardin, garder les enfants entre voisins... C'était une vraie communauté. Je rencontrai de nombreuses personnes, jusqu'au Maire du village, M. Kerloch. Je n'aurais jamais cru un jour jouer au loto avec un maire !

Vic était parfois présente lors de ces événements. Je voyais qu'elle ne faisait pas l'unanimité. Certains l'accueillaient avec un grand sourire quand d'autres la regardaient avec méfiance et parlaient à voix basse. Il faut dire qu'avec son look de bohémienne, elle détonnait dans le paysage breton. Un jour, lors d'une brocante, elle me présenta un de ses amis, Gwenaël. C'était facteur du village. J'avais du mal à croire qu'ils étaient proches, tellement ils étaient différents. C'était littéralement le jour et la nuit ! Elle était si rayonnante, toujours souriante, tandis que lui me paraissait taciturne et ronchon. Il ne me décrocha pas un mot et lançait des regards appuyés à Vic, comme si elle lui faisait perdre son temps. Il finit même par s'en aller sans dire au revoir. Vic ne s'en formalisa pas et m'entraîna sur le stand qui vendait des fioles qu'elle voulait acheter pour la boutique.

J'appréciai de plus en plus mon séjour en Bretagne et les tourments qui m'habitaient s'apaisaient peu à peu. Je me gardais toujours un peu de temps pour correspondre avec mes amis parisiens. Après une longue discussion avec mes parents, nos relations s'étaient pacifiées, même si elles restaient fragiles.

Ma vie parisienne continuait à me manquer beaucoup, mais quelque chose me retenait ici, comme si j'étais en train de développer un nouvel aspect de ma personnalité. Je voulais me laisser le temps de me reconstruire avant de rentrer. Peut-être que c'était le début de l'âge adulte ?

## 5

Un soir, alors que nous revenions en vélo du cinéma, Pierre proposa :

« Et si on allait en forêt faire une séance de spiritisme ? »

Son idée remporta l'adhésion de tous. C'était une perspective excitante et effrayante à la fois. Chacun retourna chez soi récupérer ce dont on aurait besoin. Mamie fut réticente à me laisser rentrer tard, mais elle décida finalement de me faire confiance.

Munis de plaids, de quelques bougies, de lampes torches, de biscuits et de quelques boissons, nous pénétrâmes dans la forêt alors qu'il faisait nuit noire. Rapidement, la lumière de la lune fut masquée par l'épais feuillage qui constituait le toit végétal. Le silence régnait, seulement troublé par nos pas. L'ambiance était lourde et aucun d'entre nous ne parlait. Je n'étais plus sûre que ce fût une bonne idée. La forêt, en tous cas, n'avait pas l'air enthousiasmée par notre projet. Nous arrivâmes dans une clairière. Pierre, qui semblait insensible à l'ambiance inquiétante, décréta que c'était le lieu idéal. Nous nous installâmes donc, plaisantant afin de détendre l'atmosphère.

Assis en cercle, éclairés par les bougies et nous tenant les mains, nous commençâmes.

« Esprit, es-tu là ? Si tu es là, manifeste-toi ! »

Rien ne se produisit. Nous recommençâmes, de notre plus belle voix monocorde :

« Esprit, es-tu là ? Si tu es là, manifeste-toi ! »

Nous guettâmes un signe dans un silence oppressant. Toujours rien. L'air semblait de plus en plus lourd au fur et à mesure que nous tentions d'invoquer les esprits. Après une demi-heure d'essais infructueux, Maëlys, l'une des filles, dit :

« J'en ai marre moi ! Je suis crevée ! Et j'ai des fourmis dans les jambes… On y va ? Ou on se raconte des histoires qui font peur ? De toute façon cette forêt file déjà la chair de poule, y a pas un bruit ! »

Une chouette ulula juste à ce moment, nous faisant tous sursauter.

« Même la chouette en a marre de nos idioties ! s'écria Manu, nous faisant rire. C'est parti pour les histoires effrayantes ! Pierre, tu commences ? »

Pierre sembla alors sortir d'une espèce de transe. Il secoua la tête puis répondit :

« Hein ? Quoi ?

- Tu dormais ou quoi ? lui demanda Maëlys. Tu nous as amenés ici, alors tu commences à raconter les histoires qui font peur !

- Ah… euh… OK, je commence ».

Une heure plus tard, nous avions tous eu notre lot d'histoires macabres ou surnaturelles et, fatigués, nous fûmes tous d'accord pour rentrer. Nous rassemblâmes nos affaires et prîmes le chemin du retour. À mi-parcours, nous entendîmes soudain des cris et une cavalcade.

« Qu'est-ce que c'était ? demanda Maëlys.

- Je ne sais pas, mais je propose qu'on se dépêche de filer, j'ai entendu dire qu'il y avait des trafics ici la nuit, répondit Stéphanie, une autre fille de la bande. »

Un hurlement retentit alors. Sans discuter, nous nous mîmes à courir. Rapidement, je m'aperçus que Manu ne me suivait plus. J'essayai d'appeler le reste du groupe, mais la peur leur avait donné des ailes. Je fis demi-tour. Heureusement que nous avions chacun une lampe de poche. Je retournai à la clairière sans croiser Manu. Je l'appelai sans succès. Le silence était revenu, encore plus lourd et angoissant qu'auparavant.

Soudain, un gémissement étouffé me parvint du bord opposé de la clairière. Je braquai ma lampe dans cette direction, mais ne vis rien. J'appelai alors doucement :

« Manu ? C'est toi ? Tu vas bien ? »

Il y eut un nouveau gémissement. Lentement, j'avançai, essayant de voir à travers les hautes herbes qui stoppaient ma lumière. Un mouvement se produisit alors, un peu à droite de là où je pointais ma lampe. Quelque chose ou quelqu'un semblait se frayer un chemin difficilement pour atteindre la clairière. À ma plus grande surprise, je vis Vic franchir les dernières herbes en titubant. Elle se laissa tomber au pied d'un arbre, grimaçant de douleur. Elle était plus pâle qu'un fantôme.

Me secouant pour évacuer ma stupeur, je me précipitai vers elle :

« Vic ? Est-ce que ça va ? Que se passe-t-il ?

- Louane ? C'est toi ? Ma vue se brouille…

- Oui c'est bien moi. Tu es blessée ?

- Oui.

- Où ? Je ne vois rien !

- Tu ne verras rien… On m'a jeté un sort très puissant… Ils n'auraient pas dû en être capables…

- Un sort ? Tu délires ! Je vais aller chercher de l'aide, je n'ai pas de téléphone…

- Non, reste, me dit-elle, me retenant par le bras. Je vais mourir, mais il me reste une dernière chose à faire avant. »

Sa respiration semblait de plus en plus saccadée.

« Mourir ? repris-je. Mais que t'arrive-t-il ?

- J'ai été victime d'une embuscade… Je manque de temps… Je n'ai malheureusement pas le temps de t'expliquer, mais tu demanderas à Manu d'accord ?

- Demander quoi ? Pourquoi Manu ? Vic ! Réponds-moi ! »

Mais elle avait fermé les yeux. Elle retira un de ses colliers, un bout de verre qui imitait un cristal, peut-être le plus discret de sa collection. Elle le mit entre mes mains qu'elle tint serrées d'une force impossible vu son état. Puis elle se mit à murmurer dans une langue que je ne comprenais pas. Cela ressemblait à des incantations. Petit à petit, je sentis un lien se créer entre Vic et moi par l'intermédiaire de nos mains et du cristal. Je pris peur et tentai de m'arracher à son étreinte, mais elle tint bon. Le lien établi, quelque chose commença à glisser de Vic à moi. Je regardai nos mains jointes, mais ne vis rien. Cette « chose » continuait son avancée en moi, me sondant à la recherche d'un refuge. Elle trouva finalement un abri, au plus profond de moi, et à ce moment-là, le transfert s'accéléra. Sous mes yeux, nos mains se mirent à briller et le cristal chauffait de plus en plus contre mes paumes. Je me rendis compte que j'avais commencé à répéter les incantations de Vic. Bizarrement, j'avais cessé d'avoir peur, comme rassurée par cette étrange présence en moi. Puis soudain, tout s'arrêta et Vic cessa de respirer.

« Vic ! m'écriai-je avant de commencer un massage cardiaque, reste de mes cours de secourisme. »

Je m'acharnai un long moment, refusant d'accepter l'évidence, me concentrant sur mes gestes.

« Tu ne peux plus rien pour elle. » La voix de Manu retentit derrière moi.

« Si ! Aide-moi !

- Non. Elle est partie… As-tu pu lui parler avant ?

- Quoi ? Tout ce qui t'intéresse c'est de savoir ce qu'elle m'a dit ? Tu as un secret à cacher ? hurlai-je ».

Furieuse, les larmes coulant sur mon visage, j'abandonnai le massage pour me retourner et lui faire face.

Ce que je vis alors m'éberlua à tel point que j'en oubliai d'être en colère.

« Qu'est-ce que tu as sur les bras ? Depuis quand es-tu tatoué ? Et pourquoi brillent – ils ?

- Tu les vois ? Il avait l'air aussi surpris que moi.

- Impossible de les rater ! Ils sont énormes et brillent comme des sapins de Noël !

- Mais… » Il s'interrompit, fixant le cristal que j'avais toujours en main.

« Bon, reprit-il, on s'expliquera plus tard, il faut que je te sorte d'ici avant qu'ils ne te trouvent.

- Quoi ? Mais qui ?

- Fais-moi confiance, s'il te plaît. C'est une question de vie ou de mort. La situation est grave. »

Son ton pressant me fit capituler.

« Mais et Vic ? On ne va pas la laisser là !

- On ne peut plus rien pour elle. On reviendra plus tard. Grâce à son sacrifice, on a encore une chance. Garde bien le cristal en sécurité et suis-moi ! »

Il m'attrapa par la main, me forçant à courir le plus vite possible. Nous arrivâmes là où nous avions laissé les vélos sans encombre. A part les nôtres, il n'en restait qu'un. Les autres étaient partis sans nous attendre, mais avec la peur ils ne s'étaient sans doute pas aperçus de notre absence. Quant au dernier vélo, Manu lui jeta un regard étonné.

« C'est celui de Pierre, lui dis-je, peut-être qu'il nous cherche ?

- Oui sûrement, mais on ne peut pas l'attendre. Il ne risque rien. Viens, décampons ! »

J'ouvris la bouche pour protester, mais Manu me fit taire d'un regard autoritaire. Nous prîmes donc nos vélos et il me raccompagna chez ma grand-mère.

« Je sais que tu te poses des milliards de questions et je te promets que j'y répondrai dès demain matin. Tu es en sécurité ici, ils ne savent pas encore que Vic a eu la chance miraculeuse de trouver une Potentielle au dernier moment. Je dois aller avertir mes frères.

Demain, va comme d'habitude à la boutique, je t'y rejoindrai, je t'expliquerai tout. Et surtout, pas un mot sur tout ça ! »

Sans me laisser le temps de répondre, il fila. Je rentrai dans la maison, encore sous le choc. Sans faire de bruit, je me couchai, mais le sommeil me fuyait et je me retournai longtemps dans mon lit. La mort de Vic me peinait, mais je ressentais comme un peu de sa présence au fond de moi, là où la « chose » s'était réfugiée. Le cristal était désormais autour de mon cou. Je repassai sans fin les événements de la soirée dans ma tête, sans parvenir à leur trouver une explication rationnelle.

6

Mon réveil me tira violemment hors d'un sommeil troublé et agité. Ma première pensée fut que j'avais rêvé. Instinctivement je portai ma main autour de mon cou et y trouvai le cristal. C'était donc réel. Et si Manu ne m'avait pas menti, j'aurais les réponses au magasin. Je me levai et me douchai. Je rejoignis Mamie pour le petit déjeuner, mais ne pus rien avaler. J'arrivai tôt à l'herboristerie. J'étais la première. Ne sachant quoi faire, j'ouvris la boutique comme d'habitude et préparai du thé. Manu arriva juste après, accompagné de Gwénaël, le facteur... Je n'y comprenais vraiment plus rien. Je servis le thé dans un silence pesant. Manu en but une gorgée et se lança :

« Il y a plusieurs centaines d'années, notre monde était peuplé de tout type de créatures. Certaines possédaient des facultés hors du commun et souhaitaient diriger le monde. Les guerres faisaient rage et les hommes en étaient les premières victimes : leur sang était recherché par certains, d'autres les transformaient en monstres qu'ils envoyaient en première ligne lors des combats, d'autres encore les réduisaient en esclavage et les exploitaient dans les mines.

- Le sang ? Tu ne parles pas de vampires là si ? »

Il jeta un regard plein de sous-entendus à Gwénaël, qui prit alors la parole.

« Vampires, loups-garous, sorcières, mages, elfes, nains... Les légendes, le folklore leur ont trouvé des noms et ont créé leurs histoires, mais ce sont bien ces monstres qui les ont inspirés.

- Vous plaisantez ? »

Ignorant mon interruption, Manu reprit son récit :

« Un jour, une sorcière et un homme tombèrent amoureux. À cette époque, les alliances interespèces étaient tabous, mais ils s'aimaient et choisirent de vivre cachés. De cet amour naquit une fille, Primera, qui hérita des pouvoirs de sa mère et de l'humanité de son père.

Un jour, une escouade de vampires captura le père et le saigna à mort. La mère, ivre de vengeance, fit un véritable carnage, massacrant sans discernement coupables et innocents chez toutes les créatures. Sa colère nourrissant ses pouvoirs, elle était quasiment impossible à arrêter. Pour mettre fin à sa vendetta, vampires, loups-garous et sorciers mirent leurs forces en commun. Ils réussirent à la capturer et découvrirent que le couple interdit avait eu un enfant. Ils torturèrent la mère pour savoir où était Primera. Ils souhaitaient exterminer toute la descendance de cette famille maudite. Mais la sorcière tint bon et leur affirma que la petite était morte en bas âge de maladie. En réalité, masquée par un sort indétectable, Primera assista à toute la scène. Malgré la douleur, elle comprit que sa mère voulait la protéger, car elle savait que la petite fille ne pouvait pas les sauver. Elle respecta la volonté de sa mère et resta cachée pour sauver sa vie. La vengeance est un plat qui se mange froid.

Pendant les années qui suivirent, elle mit au point sa vengeance. Elle avait compris que les hommes, comme son père, resteraient des victimes tant que les autres espèces partageraient le même monde. Elle prépara un plan qui ferait d'une pierre deux coups. Son objectif était de débarrasser le monde des créatures qui avaient détruit sa famille et qui avilissaient les hommes.

Elle comprit rapidement qu'elle n'arriverait à rien si elle restait seule. Elle partit donc à la recherche des exclus et des marginaux de chacune des espèces, qui abritaient le même esprit de vengeance. Elle se rendit compte que le cas de ses parents n'était pas unique. Elle découvrit de nombreux couples mixtes, toujours avec un homme ou une femme, et tous victimes de persécution et de pertes douloureuses.

En parallèle, Primera continuait à explorer ses pouvoirs. En plus de toutes les capacités héritées de sa mère sorcière, elle identifia une autre source de pouvoir à l'intérieur d'elle-même. À sa grande surprise, elle comprit que celle-ci lui venait de son père, et donc que les humains avaient leurs propres pouvoirs. Après des jours d'entraînement, elle parvint à les utiliser, soit seuls, soit en association avec ses capacités de sorcière. Elle entreprit ensuite d'apprendre aux Humains à s'en servir, pour essayer de rééquilibrer les forces en présence. Les femmes et les hommes ne semblaient pas bénéficier des mêmes pouvoirs, et les jeunes semblaient plus à même de découvrir et d'exploiter leur potentiel.

Avec ses nouveaux partenaires, hommes et femmes refusant la suprématie des espèces dominantes et renégats vampires, loups-garous, sorciers et nains, elle mit au point un sortilège extrêmement puissant basé sur le sang de chacune des créatures qu'ils souhaitaient faire disparaître. À défaut de pouvoir tous les anéantir sans distinction, l'objectif était de les envoyer dans une dimension parallèle. Mais le sacrifice à fournir était considérable. En effet chaque participant au lancement du sortilège devait y laisser sa vie. Cela entraîna beaucoup de discussion et de dispute, mais un petit groupe de volontaires, peut être ceux et celles qui avaient le plus perdu dans ces guerres, Primera en tête, décida de se sacrifier.

Une fois tous les préparatifs terminés, Primera et ses partenaires ouvrirent un Portail vers un autre monde qui aspira toutes les créatures dont le sang avait contribué à l'ouverture du passage. Comme prévu, l'effort à fournir absorba toute l'énergie des lanceurs de sorts. Mais au moment où ils expirèrent leur dernier souffle, un événement inattendu se produisit. Une source d'énergie fut générée à partir des âmes, des pouvoirs et de la magie des sacrifiés qui se réfugia dans une des jeunes filles formées par Primera. Mani était une des élèves les plus assidues et les plus douées de Primera. Elle fut infiniment honorée d'avoir été choisie. Suivant le modèle de son mentor, elle décida de s'installer auprès du Portail pour s'assurer que les sacrifices réalisés ne seraient pas vains. Dotée de nouveaux pouvoirs trouvant leur source dans l'énergie qu'elle abritait désormais, elle continua l'œuvre de formation à la magie qu'avait initiée Primera. De plus, les espèces disparues avaient laissé derrière de nombreux grimoires de magie, qu'elle étudia dans les moindres détails.

Les Hommes redécouvraient un monde dont ils étaient maintenant la seule espèce dominante. On construisit des villages, on développa l'agriculture et l'élevage. Les ravages des guerres s'estompèrent peu à peu. Et on commença à oublier les méfaits commis par les autres espèces surnaturelles. De nouveaux conflits éclatèrent, entre les hommes eux-mêmes cette fois. Conquérir un nouveau territoire, se venger d'une vexation minime... tous les prétextes étaient bons pour s'en prendre à son voisin.

Mani était désespérée de voir cela. D'autant plus qu'elle avait constaté que le Portail faiblissait et qu'un jour ou l'autre il se rouvrirait.

Elle imagina que face à cette menace les Hommes s'uniraient de nouveau. Elle rassembla les chefs des villages pour trouver une solution. Malheureusement, elle n'obtint pas le résultat escompté. Certains avaient complètement fantasmé ces créatures et souhaitaient leur retour pour les adorer telles des divinités. D'autres pensaient que le Portail ne céderait pas et sous-estimé le risque. N'avait-on pas fait le sacrifice suprême pour le construire.

Déçue de voir l'œuvre de Primera en danger, Mani réalisa que seule elle ne pourrait résister à ceux qui s'étaient autoproclamés « Libérateurs ». De plus, elle avait besoin de s'assurer que la surveillance continuerait après sa disparition. Elle se plongea dans ses grimoires et finit par trouver une solution à son problème. Elle allait créer deux ordres complémentaires qui se chargeraient de protéger le portail. Elle réalisa un rituel avec deux des hommes qui avaient suivi son enseignement afin de renforcer et d'augmenter leurs pouvoirs.

Leur différence était maintenant marquée directement sur leur peau par de complexes tatouages. Puis, elle leur transmit leur mission :

« Grâce à ces pouvoirs supplémentaires, vous pourrez protéger le Portail des Libérateurs. Vous devrez le surveiller et signaler à la Choisie quand il atteint son seuil critique. Nos ennemis sont nombreux, il vous faudra également la protéger. Sans l'âme des sacrifiés, elle n'aura pas la force nécessaire au rituel de renforcement que je vais préparer. Vous transmettrez vos pouvoirs à vos descendants par le biais de tatouages invisibles aux non – initiés à la magie. Vous devrez également trouver les Potentielles. Des filles ou des femmes dignes de porter l'âme des sacrifiés et d'accomplir le rituel. Il sera de votre devoir de la former et de l'assister. Le rituel sera tellement épuisant qu'elle ne pourra le réaliser qu'une fois dans sa vie au risque d'en mourir. C'est votre mission, à vous et à vos successeurs. Vous êtes désormais les Gardiens. Puisse l'avenir vous être favorable. »

Puis, elle prit un petit morceau de cristal. Elle appela l'une de ses disciples et lui dit :

« Grâce à ce cristal, je te transmettrai l'âme des sacrifiés dès que j'aurais réalisé le rituel qui renforcera suffisamment le Portail pour de nombreuses années. Tu seras la première Choisie. Tant que l'âme t'habitera, tu auras suffisamment de pouvoirs pour à ton tour faire le rituel et la transmettre en temps voulus. Garde précieusement ce cristal et reste toujours prête à affronter nos ennemis. Si tu mourais sans avoir transmis l'âme à ta successeuse, elle disparaîtrait et plus personne ne pourrait empêcher les monstres de revenir. »

Enfin, elle réunit la Choisie et les Gardiens pour une dernière mise en garde :

« Vous êtes désormais deux éléments d'un même tout. Par conséquent, il vous est interdit de vous aimer, car cela pourrait entraîner la fusion de vos pouvoirs et personne ne peut prévoir ce qui se passerait alors. Votre mission doit toujours prévaloir. Il en va de la survie de l'Humanité. »

Par la suite, les Gardiens et les Choisies décidèrent de détruire toutes les traces restantes des créatures disparues et de ne limiter l'enseignement de la magie qu'aux seuls membres de leurs ordres. Avec le temps, les connaissances se perdirent et vampires et autres espèces surnaturelles devinrent des légendes. C'est pourquoi l'Histoire d'aujourd'hui ne mentionne aucun des événements que l'on vient de te raconter.

Comme tu as dû le deviner, Gwénaël et moi sommes des Gardiens. Et par un hasard incroyable, ou peut-être était-ce ton destin, tu es la Choisie. Dans la forêt, Vic a été victime des Libérateurs. On ne comprend pas comment ils ont pu atteindre un niveau de puissance suffisant pour la vaincre.

- Elle m'a parlé d'une embuscade, intervins-je.

- Oui, mais même sans nous, elle aurait dû être en mesure de se défendre, Vic était une des plus puissantes Choisies qu'on n'ait jamais eu. La cérémonie de renforcement du Portail est prévue dans dix jours, elle a dû aller faire du repérage sans nous prévenir, comme d'habitude. Une chance que Pierre ait voulu faire du spiritisme !

- Une chance ?

- Oui, une chance, car les Potentielles sont rares. Nous mettons des années à les trouver, et cela demande de nombreux rituels, et pour la Potentielle, beaucoup d'épreuves et de choses à apprendre.

- Comment savoir que je suis l'une d'entre elles ?

- Parce que l'âme des sacrifiés aurait déjà disparu dans le cas contraire, et c'était l'objectif des agresseurs.

- Qu'est-ce qui se passe maintenant ?

- On va devoir te former très rapidement, car toi seule peux renforcer le sort qui verrouille le Portail. Et ils ne vont pas manquer de l'attaquer pensant que l'âme a disparu. »

Mon thé avait refroidi sans que j'en boive une gorgée. J'étais totalement abasourdie par leur récit. Mon bon sens et ma logique me criaient que c'était faux. Mais au fond de moi, l'âme brillait, comme si elle avait reconnu les hommes devant moi. Par elle, je savais que tout ce qu'ils m'avaient dit était la vérité, j'avais même eu droit à un aperçu de leur souffrance lors du sacrifice qui avait sauvé notre monde.

« Et si je ne veux pas de cette responsabilité ?

- Normalement, c'est Christina, une Potentielle qui a réussi toutes les étapes qui auraient dû succéder à Vic. Tu ne peux pas lui transférer l'âme. Tu dois apprendre et réaliser le sortilège du Portail. Et vu le temps qu'il nous reste, ça va être extrêmement difficile.

- Pourquoi je ne peux pas transférer l'âme ? »

Les deux hommes échangèrent un regard, gênés.

« Tu ne peux pas, c'est tout, reprit Gwenaël.

- Mais pourquoi ? insistai-je. Vous voulez que j'apprenne un sortilège super sophistiqué pour empêcher des monstres sanguinaires de revenir peupler notre planète, alors qu'il suffirait que je transfère l'âme à cette Christina, qui est déjà formée et prête à le faire. Qu'est-ce que vous me cachez ?

- Le sortilège pour transférer l'âme est trop compliqué, tenta Manu.

- Trop compliqué ? Tu oublies que j'étais là, j'étais présente quand Vic me l'a transférée. Il suffit de mettre le cristal dans nos mains et de baragouiner une ou deux formules et c'est réglé !

- Tu oublies un paramètre essentiel, dit Gwénaël.

- Non ! l'interrompit Manu.

- On n'a pas le choix, on est en train de perdre un temps précieux ! Louane, pour pouvoir transférer l'âme... Il faut être sur le point de mourir. »

Ces derniers mots me heurtèrent en pleine poitrine, me laissant sans un souffle. Un silence pesant s'éternisa. Au bout d'un moment, je murmurai :

« Et si j'échoue ?

- Le Portail s'ouvrira, et les créatures reviendront. »

Gwénaël avait annoncé cela comme un constat inévitable.

« Je ne sais pas si j'en suis capable...

- Nous n'avons pas le choix... » Manu essayait d'être conciliant, mais Gwénaël s'emporta :

« Toi non plus tu n'as pas le choix ! S'en est fini du monde tel que nous le connaissons sinon ! Tu ne t'en rends pas compte ?

- Je suis sûr qu'elle s'en rend compte, s'interposa Manu. Elle vient à peine de découvrir tout cela ! Laissons-lui un peu de temps. Ça te va si on repasse cet après-midi ?

- Mais et Vic ?

- Elle va être retrouvée par l'un des nôtres qui appellera les secours qui concluront à une crise cardiaque. Sa boutique reviendra à Christina. Peux-tu t'en occuper d'ici là ?

- Euh… oui… je crois…

- OK, nous reviendrons cet après-midi. C'est le destin qui t'a placée dans cette forêt, ne l'oublie pas ».

Sur ces derniers mots, ils quittèrent la boutique, me laissant seule face à mes doutes. Comment la vie pouvait-elle basculer aussi vite ? Il y a quelques jours, quelques heures, je n'étais qu'une adolescente digérant le divorce de ses parents. Et désormais j'étais une héroïne devant sauver le monde quand je m'étais toujours imaginée dans le rôle de l'acolyte, jamais en première ligne. J'étais trop jeune pour tout ça, trop jeune pour risque ma vie, trop jeune pour avoir des pouvoirs magiques. Je dormais toujours avec Capitaine Flamme !! C'est dire ma crédibilité dans le rôle de « Choisie » …

Il n'y eut pas de clients ce matin-là et je finis par m'endormir sur le comptoir. Mes rêves m'emmenèrent dans un monde peuplé de créatures féroces, d'hommes et de femmes luttant pour leur survie. Un des groupes de résistants m'était familier. Par la magie des rêves, mes amis parisiens, Julie et Thibault en tête, avaient uni leurs forces à celles de mes amis bretons, Manu, Pierre et Maëlys entre autres, pour combattre une horde de vampires effrayants. Ils ne semblaient ni me voir ni m'entendre et j'assistai, impuissante, à leurs mises à mort. Mon propre hurlement me réveilla, en sueur. Ma décision était prise.

J'appelai Mamie pour la prévenir que je n'avais pas vu Vic aujourd'hui et que j'allais rester toute la journée à la boutique. Cela m'embêtait de lui mentir, mais j'avais trop peur de la mettre en danger. Plus tard dans l'après-midi, la clochette de la porte m'annonça l'arrivée d'un visiteur. Manu et Gwénaël étaient de retour.

« Je vais le faire, leur dis-je. Mais dès que ce Portail est renforcé, je veux qu'on trouve une solution pour que je puisse retransférer l'âme à Christina sans y laisser ma peau. Je ne crois pas au destin. Tout ça n'est qu'une gigantesque coïncidence. Il n'y avait probablement qu'une chance sur des milliards pour que cela se passe comme ça. Mais c'est arrivé, alors je vais le faire, mais ensuite, il faut que les choses rentrent dans l'ordre. Ma vie doit redevenir comme avant.

- Très bien, dit Gwénaël, alors nous allons commencer tout de suite. Vic a été retrouvée. Officiellement elle a fait un malaise alors qu'elle allait chercher des plantes. Et comme elle a toujours été contre les technologies, elle n'avait malheureusement aucun moyen de prévenir les secours. Faisons maintenant en sorte qu'elle ne soit pas morte pour rien. »

À partir de ce moment-là, ils ne me quittèrent plus d'une semelle. Ils venaient tous les jours à l'herboristerie pour me donner des cours. J'avais aussi droit à une préparation physique, car il était épuisant de jeter des sorts. Mamie avait été effondrée à l'annonce du décès de sa grande amie. Elle fut touchée de me voir continuer à aller à la boutique pour honorer sa mémoire. Je n'étais pas à l'aise de lui mentir, mais avais-je vraiment le choix ?

J'avais moins de dix jours pour maîtriser suffisamment mes pouvoirs pour lancer le sort. C'était ridiculement court, surtout en voyant la quantité d'informations que me demandaient de retenir mes deux professeurs, mais les Gardiens estimaient que le Portail ne tiendrait pas plus. Heureusement, l'enseignement que m'avait prodigué Vic sur les plantes me servit dans la préparation des potions. Néanmoins, je n'avançais pas assez vite pour eux, notamment dans les sorts et les sortilèges. Ceux-ci nécessitaient énormément de concentration. On pouvait s'aider de formules, d'incantations, de gestes ou d'objets qui permettaient de canaliser le pouvoir. Mais les plus puissants prenaient leur source directement dans l'esprit. Malheureusement, même les plus simples me résistaient. Il y avait une part tellement abstraite là-dedans que je n'arrivai pas à le visualiser. Les potions c'était plus logique, comme quand on fait une recette de cuisine. Mais pour lancer un sortilège, une grande partie était dans la tête, il n'y avait pas d'éléments tangibles sur lesquels m'appuyer et mon esprit pragmatique bloquait.

Le troisième soir, Christina arriva à la boutique. Elle ne ressemblait pas du tout à ce que j'avais imaginé. Elle était un peu plus âgée que moi, dans la vingtaine, et s'habillait à la manière gothique : cheveux gras noir corbeau, teint blafard, ongles noirs, vêtements pleins de dentelles d'une autre époque, noirs également. Je ne pus m'empêcher de me demander s'il fallait incarner un stéréotype quand on était « Choisie ». Car entre le look « diseuse de bonne aventure » de Vic, et le côté « adoratrice de Satan » de Christina, cela semblait presque faire partie du rôle. Les présentations furent glaciales. Je n'avais jamais compris cette fascination du noir, et je ressentis d'emblée une hostilité à peine voilée envers moi. Moi qui avais espéré que sa présence m'aiderait à comprendre plus vite, j'allais être servie !

Gwénaël prit les choses en main, sans s'encombrer de fioritures, comme à son habitude :

« Christina, maintenant que tu es là, je veux que tu fasses travailler Louane sur les sorts. Je n'arrive à rien avec elle. Allez dans l'arrière-boutique et n'en sortez que lorsqu'elle arrivera à lancer quelque chose ! »

Il fallait s'y mettre, alors je suivis bon gré mal gré mon nouveau professeur.

« Bon, montre-moi comment tu fais… maugréa-t-elle. »

Je tentai de lancer un sort supposé faire disparaître le stylo sur la table devant moi. Évidemment, rien ne se produisit.

« Tu manques de conviction, et dire que tu abrites l'âme et que tu n'arrives même pas à faire ça… ».

Elle bougea rapidement les doigts et le stylo s'envola et fit quelques cabrioles dans les airs avant de venir se poser doucement dans sa main. Au moins, le ton était donné. Christina maîtrisait la magie humaine. Pendant toute la soirée et une bonne partie de la nuit, elle s'acharna sur moi, me rabaissant à chacun de mes échecs, et me montrant systématiquement à quel point elle, était douée. Je n'avais même pas eu le droit de dîner. Je n'eus la paix que lorsque Gwénaël entra, me jeta un regard éloquent quand Christina lui fit part de mon manque de réussite et me renvoya chez moi me reposer.

Le lendemain se déroula de la même manière. En plus des quolibets de Christina, je me mettais une pression énorme, car pour verrouiller le Portail, ce n'était pas une potion, mais bien un sortilège que j'allais devoir lancer. Gwénaël intervenait de temps en temps, mais son air sinistre ne faisait que me paralysait davantage. Le jour suivant, épuisée et suite à une énième remarque désobligeante de Christina, je finis par craquer :

« Maintenant j'en ai assez ! J'ai bien compris que tu m'en veux d'avoir été là quand Vic est morte alors que tu espérais récupérer l'âme. Sache qu'avant que cela ne me tombe dessus, je n'avais jamais entendu parler de Portail et de magie à part dans les films. Si je le pouvais, je t'aurais transféré l'âme dès le départ. Mais voilà, ce n'est pas possible, alors je dois lancer ce satané sortilège. Cela ne me plaît pas plus qu'à toi, mais c'est comme ça. J'ai accepté la situation, mais si tu ne l'acceptes pas toi aussi et que tu ne m'aides pas vraiment, il ne sera bientôt plus question de qui est Choisie mais plutôt de qui survit quand le Portail cédera. Je ne veux que trois choses : lancer ce sortilège, trouver comment te transférer l'âme sans y laisser ma peau et rentrer chez moi oublier tout ça. Soit tu m'aides, soit tu dégages, parce qu'au final, tu ne fais que me rabaisser et tu ne m'apprends absolument pas comment faire ! »

Je m'arrêtais, essoufflée. Ma diatribe l'avait surprise. Les bruits de voix avaient également attiré Gwénaël et Manu. Christina me regarda, estomaquée, et dit :

« Tu ne comptes pas garder l'âme ?

- La garder ? D'abord, sache que ce n'est pas une chose que l'on déplace comme on veut. C'est une entité qui a sa propre volonté et tu devrais lui montrer, et ME montrer un peu plus de respect, car que tu le veuilles ou non, elle m'a choisie. Oh et puis j'en ai marre, je m'en vais ! »

Et je partis en claquant la porte. J'attrapai mon vélo et partis à toute allure. J'avais des courbatures de mes séances d'entraînement, mais je les ignorai pour mettre le plus de distance possible entre ces gens et moi. J'entendis quelqu'un me suivre, et je me doutai que c'était Manu. Je le laissai faire, de toute façon, je n'étais pas capable de le semer. Je m'arrêtai au café et entrai en trombe.

« Salut Roger, je peux emprunter ton téléphone ? demandai-je en posant cinq euros sur le bar.

- Aucun problème, et pas besoin de payer. »

Je composai le numéro de mémoire.

« Allo ?

- Julie, c'est moi Louane !

- Louane ! Ça me fait trop plaisir de t'entendre ! Comment tu vas ? Tu as une drôle de voix…

- Ça va, c'est juste que j'ai perdu ma boss, tu sais à l'herboristerie, je m'étais beaucoup attachée à elle…

- Oh mince ! Que s'est-il passé ? »

J'hésitai. Pouvais-je dire la vérité à ma meilleure amie ? Est-ce que cela la mettrait en danger ?

« Louane ? Tu es toujours là ?

- Oui je suis là. Elle a fait un malaise en allant cueillir des plantes en forêt. Elle était toute seule et sans téléphone. Du coup elle n'a été retrouvée que le lendemain et c'était trop tard.

- Ô mon Dieu… C'est horrible ! »

Sa sincérité me toucha en plein cœur et je me mis à pleurer.

« Louane ? Pourquoi tu pleures ? Il y a autre chose n'est-ce pas ? Je l'entends au son de ta voix. »

Elle me connaissait vraiment bien. Je l'avais appelée sur un coup de tête, mais je savais que je ne pouvais me confier à elle sur le rituel, Christina et tout le reste. Je transposai alors la situation dans un autre contexte, la course d'orientation en forêt et par équipe dont l'affiche trônait sur la porte du bar.

« Écoute, me dit-elle, je ne comprends pas comment tu as pu te retrouver là-dedans, mais admettons. Tu t'es engagée, alors tu dois aller jusqu'au bout et donner le meilleur de toi-même. Et la Christina, elle est simplement jalouse parce qu'elle voulait être capitaine et que les autres t'ont préférée. Mais tu en es capable, je n'en ai aucun doute ! C'est aussi l'occasion de prendre confiance en toi ! Allez ! Moi j'ai confiance en toi !

- Merci Julie, t'es vraiment une super amie, lui répondis-je en séchant mes larmes. Ça va déjà beaucoup mieux.

- De rien ! c'est fait pour ça les amies ! Et je sais que je pourrais compter sur toi si j'en besoin !

- Ça c'est sûr ! »

Nous raccrochâmes après avoir échangé quelques nouvelles. Julie comptait sur moi, et sans le savoir, elle avait déjà besoin de moi. Je ne voulais pas la décevoir. Manu m'observait derrière la fenêtre du café, mais il n'était pas entré, malgré le fait que j'étais au téléphone. Gwénaël m'aurait déjà arraché le combiné des mains de peur que je ne révèle notre secret. Je le pris donc comme une marque de confiance. Néanmoins, je sortis et l'ignorai délibérément. Je repris mon vélo et me rendis à la forêt. Il faisait encore bien jour, je ne pensais pas courir de danger, et Manu me suivait toujours.

Je retrouvai facilement la clairière, et l'arbre contre lequel s'était adossée Vic pour mourir. Tout autour, l'herbe avait été piétinée et arrachée, sans doute par les équipes de secours. Je m'assis contre le tronc, fermant les yeux pour essayer de sentir sa présence. Je me recueillis ainsi un long moment, cherchant à trouver une paix intérieure. L'âme faisait également de son mieux pour m'apaiser, me parlant dans un langage dont je ne comprenais pas les mots, mais que mon cœur semblait comprendre spontanément. Peu à peu je me remplis d'une énergie pure et frémissante. J'avais l'impression d'avoir trouvé un point d'équilibre entre mes émotions, mes croyances et mes nouvelles capacités. Je rouvris les yeux en sursaut. Un serpent se glissait le long de ma jambe. Effrayée, je poussai un cri et agita la main. L'animal s'envola et alla se poser délicatement un peu plus loin. J'avais réussi ! Ignorant toujours la présence de Manu, je tendis la main et ordonnais mentalement à une petite branche par terre un peu plus loin de venir à moi. Elle tremblota vaguement, mais resta à sa place. Je poussai un soupir de découragement.

Manu intervint alors :

« Tu y es presque. Je crois que je peux t'aider, viens avec moi. »

Je n'avais rien de mieux à essayer, alors je me levai et le suivis. Nous marchâmes en silence pendant un moment. Nous parvînmes à une autre clairière, beaucoup plus grande. Il y avait des traces de nombreux passages. Manu m'indiqua une direction. Je regardai et vis une immense porte qui était en bien mauvais état. Des liens lumineux l'empêchaient de s'ouvrir, mais la pression semblait augmenter et elle paraissait proche de s'ouvrir.

« Le Portail… murmurai-je.

- Oui, c'est lui. Tu as besoin de choses tangibles n'est-ce pas ? Eh bien voilà… c'est de ça dont on te parle sans arrêt.

- C'est… je ne sais pas quoi dire… impressionnant…

- C'est vrai.

- Mais je ne vois pas ce que cela change, je n'arrive pas à utiliser mes pouvoirs.

- Cela change que tu as une meilleure idée de ce qui t'attend. Tu y es presque. Il ne te manque qu'une source de motivation pour y arriver, que tu aies besoin de tes pouvoirs. Alors si tu es d'accord, j'ai une autre approche que Gwénaël et Christina. Je pense qu'avant de lancer des sortilèges, tu dois apprendre à te connecter à ta source de pouvoir. Veux-tu essayer ?

- Est-ce que j'ai vraiment le choix ? »

J'avais à peine posé la question qu'il jeta sur moi une boule d'énergie. J'essayai de la faire dévier, mais je la reçus dans le ventre, tombant violemment par terre. Manu avait décidé de passer à la vitesse supérieure et il ne me laissa pas me relever avant de lancer sa nouvelle attaque. Il ne disait pas un mot, enchaînant les boules d'énergie, me touchant aux bras, aux jambes, partout où il voulait. Je fus rapidement couverte d'ecchymoses, mais ne parvenais toujours pas à me défendre. J'essayai de retrouver cet équilibre qui m'avait permis de déplacer le serpent, sans y parvenir. À bout de souffle, allongée par terre, je fixai le Portail. Je me concentrai sur lui, tentant d'ignorer la pluie de coups qui s'abattait sur moi. Manu avait intensifié ses attaques. Je m'aperçus alors que la présence du Portail titillait l'âme qui s'agitait et essayait de me parler. Je tentai de l'écouter avec mon cœur. Je parvins à retrouver cet équilibre sans le montrer à mon agresseur-formateur. Quand je fus prête, je roulais sur le côté en grimaçant sous la douleur et je commençais à renvoyer les boules d'énergie vers Manu. Il fut suffisamment surpris pour être touché par les premières, mais il esquiva facilement les suivantes. Avec un sourire satisfait et joueur, il continua ses attaques, y apportant des variations pour me remettre à terre. En phase avec l'âme, j'étais dans une forme de transe. Il m'était désormais facile d'anticiper les actions de Manu. Je voyais à travers lui sa source de magie, jusqu'à presque pouvoir la toucher. Le Portail m'apparaissait maintenant dans toute sa splendeur magique, étincelant. Je me rendis compte que j'étais vraiment plus puissante que Manu et que j'avais les ressources pour solidifier la prison des créatures. C'était une sensation enivrante. L'âme, voyant l'état du Portail, tentait de m'y attirer. Mais je n'étais pas prête, pas encore. Je n'aurais qu'une chance et il fallait que je sois prête. Pour cela, je devais continuer mon instruction. J'étais toujours en mode défense, détournant les attaques de Manu. Il était grand temps de rendre à mon instructeur la monnaie de sa pièce. Je commençai à créer un bouclier autour de moi sur lequel s'écrasaient désormais les sorts de Manu. Je me relevai tranquillement regardant Manu avec un petit sourire provocateur. Il changea de tactique, se mettant à me tourner autour, cherchant la faille de mon bouclier.

« Alors ça y est ? Tu te décides enfin à utiliser le cadeau que t'a fait Vic ? Cette bonne vieille Vic, tuée pour ne pas avoir suivi les conseils des Gardiens… Quelle idiote !

- Comment oses-tu parler d'elle ainsi ? C'était une fille géniale ! »

Je m'aperçus trop tard que sa stratégie pour me déconcentrer avait fonctionné et je me retrouvais une nouvelle fois par terre. Il éclata de rire.

« Alors ? C'est tout ? Tu es si facile à battre ? Tu mourras en dix secondes si tu continues ! »

Pendant tout le reste de l'après-midi, nous jouâmes au chat et à la souris, moi tentant de rester concentrée, lui m'attaquant, encore et encore, changeant de stratégie dès que je m'y adaptais. Nous finîmes épuisés, couverts d'écorchures et de bleus, sales, les vêtements déchirés par nos nombreuses chutes. Ce jour-là je n'avais travaillé que la défense, mais j'avais mieux compris comment entrer en phase avec l'âme des sacrifiés et tant que je parvenais à conserver le lien actif, j'étais invulnérable. Manu affirmait qu'à force d'entraînement, le lien deviendrait quasi permanent et qu'il ne me demanderait plus autant d'efforts. Manu affichait un large sourire :

« Tu vas y arriver, tu seras prête à temps, j'en suis sûr.

- Merci pour ta confiance, et merci pour ton aide. Je dois encore continuer à travailler, il ne me reste pas beaucoup de temps.

- Va te reposer, je vais prévenir les autres de tes progrès.

- Je suis sûre que Christina sera ravie…

- Elle n'a pas été tendre avec toi, c'est vrai. Comme nous, elle a été surprise par les événements et elle a besoin de plus de temps pour s'y faire. C'est normal, elle a travaillé vraiment dur pour être prête le jour J. Et voilà que cela lui passe sous le nez.

- Mais je n'y suis pour rien moi !

- Je le sais, et elle aussi quelque part. Mais laisse-lui juste un peu de temps, elle a un bon fond.

- Je te crois, mais elle le cache bien. Je vais rentrer chez moi maintenant. Je vais prendre une bonne douche, soigner mes plaies avec de l'huile essentielle d'oignon, et mes bleus à l'aide du mélange spécial de Vic à base d'arnica.

- Eh bien, on peut dire qu'elle t'a bien formée !

- C'est un sujet passionnant, et elle était une merveilleuse professeure.

- Tu sais que tu peux utiliser un peu de tes pouvoirs pour te guérir ?

- Oui, mais là, je tiens à peine debout… Je vais garder le peu d'énergie qu'il me reste pour lire les vieux livres que m'a laissés Gwénaël sur l'histoire de Primera, sur les différentes créatures enfermées dans l'autre monde, et surtout sur la formule que je devrais prononcer pour canaliser le sortilège du Portail. Au fait, qui le surveille si Gwénaël et toi êtes toujours avec moi ?

- Un sort d'alarme est en place, regarde bien la clairière et dis-moi ce que tu vois. »

J'observai attentivement l'orée de la forêt. Je reconnus la magie que je sentais courir dans les veines de Manu. Elle était présente tout autour de la clairière, discrète, comme des fils fins tendus et reliés à des clochettes.

- OK je le vois. Mais s'il se déclenche ?

- Nous sommes dix Gardiens. Tu rencontreras les autres quand nous aurons plus de temps. Mais pendant que nous te formons, ils se relaient près d'ici pour surveiller.

- Pourquoi avez-vous été choisis Gwénaël et toi pour me former ?

- Parce que Gwénaël, malgré son côté ours, est le plus brillant des Gardiens et notre chef. Et moi, comme je te connaissais déjà, on s'est dit que cela serait plus facile pour toi comme pour nous.

- Bien vu… »

Je bâillai à m'en décrocher la mâchoire.

« On t'en demande beaucoup…

- Je ne cherche pas à me faire plaindre… J'ai une mission à accomplir, ensuite je passe le relais à Christina, et je rentrerai enfin chez moi, à Paris ma ville chérie ! »

Une expression triste passa si rapidement dans ses yeux que je crus avoir mal vu.

« Alors comme ça je ne t'aurais pas convaincu des attraits de la Bretagne ? me dit-il dans une bourrade ».

Sans me laisser le temps de répondre, il partit au petit trot. Je le suivis en boitillant. De retour chez moi, je suivis mon programme à la lettre. Les remèdes de Vic associés à l'âme qui tenait à me soigner de l'intérieur eurent des effets miraculeux et je n'eus bientôt plus de traces de ma séance d'entraînement. Mamie ne s'était rendu compte de rien.

Je sortais sans arrêt et je ne voyais quasiment plus ma grand-mère. Mais elle avait l'air contente de me voir si occupée.

« C'est de ton âge de sortir avec des amis ! Profites-en tant que tu es ici, tes parents m'ont dit de te laisser faire, que c'était moins dangereux qu'à Paris. Alors, amuse-toi ! »

Le lendemain, nous retournâmes dans la clairière du Portail, avec cette fois Christina et Gwénaël. Nous recommençâmes à travailler sur mon lien avec ma source de pouvoir. Il me venait plus naturellement en état de défense que pour l'attaque. Cela me prit encore du temps et beaucoup de bleus, mais je finis par retrouver mon état de transe magique. Alors, Christina et Gwénaël se joignirent à l'assaut pour me complexifier la tâche. J'avais du mal à me concentrer à la fois sur le lien et à esquiver leurs attaques. J'étais sollicitée de toute part, et dès que l'un d'eux parvenait à me déconcentrer, je finissais par terre. Comme la veille, ils tentèrent de me déstabiliser par des provocations et des moqueries. J'avais appris de mes erreurs et ne me laissai pas entraîner dans leur piège. Au bout d'un moment, nous passâmes aux techniques d'attaque. Ce n'était pas dans ma nature d'agresser, mais avec mes trois instructeurs sur le dos, je fis laborieusement des progrès. Je réussis même à envoyer voler Christina. Vengeance infantile certes, mais grandement satisfaisante. Manu avait raison, il suffisait que je sois motivée ! À la fin de la journée, j'entraperçus un sourire sur le visage d'habitude si dur de Gwénaël. J'étais sur la bonne voie, mais il ne me restait que deux jours avant la date fatidique et je n'avais toujours pas lancé de sortilèges. Les Libérateurs ne s'étaient pas manifestés. Les Gardiens continuaient à chercher comment ils avaient pu être assez forts pour assassiner une Choisie, sans la moindre réussite jusqu'alors. Savaient-ils que j'existais ? Que l'âme n'avait pas disparu avec Vic ?

Ce soir-là, Maëlys m'appela. Je leur avais dit que je ne pouvais plus trop sortir, car je devais m'occuper de l'herboristerie jusqu'à l'ouverture du testament de Vic et soutenir ma grand-mère qui ne se remettait pas de la perte de son amie. Ma grand-mère allait très bien, mais je n'étais plus à un mensonge près. Manu s'était inventé un travail saisonnier dans une exploitation du coin qui appartenait à l'un des Gardiens. Maëlys me proposait de les rejoindre pour aller dans un bar plein de jeux vidéo dans la ville d'à côté. Après les efforts déployés et les progrès réalisés, je décidai que je méritais bien une soirée de détente. J'acceptai sa proposition et ne prévins pas mes Gardiens. Je savais qu'ils désapprouveraient. Nous passâmes la soirée à faire des courses de voitures, à jouer au flipper et à faire des tirs dans un panier de basket. Cela me fit un bien fou de redevenir pendant quelques heures une adolescente ordinaire. Nous rentrâmes juste après minuit. Ma grand-mère était déjà couchée. Je montais doucement dans ma chambre. En allumant la lumière, je poussais un cri et me mis aussitôt en position de défense. Instinctivement le lien s'était établi et mon bouclier était en place.

Julie bondit hors du lit et me sauta dessus :

« Surprise ! »

Et elle se mit à danser dans la pièce en chantant.

« Julie ? Mais que fais-tu ici ?

- Tu m'avais l'air tellement déprimé au téléphone, que j'ai convaincu ma mère de me payer le billet. Je repars dimanche soir, car on part lundi en vacances en famille. J'ai appelé ta mère qui m'a donné son accord et l'adresse de ta grand-mère. J'ai pris un taxi depuis la gare et me voilà ! Comme ça je pourrais t'encourager lors de ta compétition ! »

Je restai sans voix. Comment allais-je me sortir de cette situation ? Mentir encore ?

« Dis quelque chose Louane ! Ça te fait plaisir que je sois là au moins ? »

Je décidai de temporairement ignorer le problème et de continuer sur ma lancée de la soirée et de n'être encore qu'une adolescente pour quelques heures.

« Bien sûr que je suis ravie ! Je ne m'y attendais pas du tout c'est tout ! »

J'allai chercher des provisions dans la cuisine, et nous papotâmes toute la nuit, rattrapant le temps perdu en grignotant des biscuits faits maison. Quand Julie s'endormit, je peaufinais mon plan pour concilier l'inconciliable : ne pas l'entraîner dans mes ennuis tout en continuant à m'entraîner pour dimanche. Il ne me restait que deux jours ! Je sortis discrètement de la chambre et appelai Manu sur son portable. Il n'apprécia pas vraiment d'être réveillé, mais accepta de faire ce que je lui demandais. Après tout il était mon Gardien et devait me sortir des situations tordues pour que je puisse me concentrer sur mon objectif. Et il n'y avait pas plus tordue que ma meilleure amie pensant que je participai à une compétition sportive le jour du rituel du Portail. Je retournai ensuite me coucher à côté de Julie. Elle dormait profondément et je la rejoignis bientôt dans les bras de Morphée.

Nous fûmes réveillées par une délicieuse odeur de crêpes. Nous descendîmes dans la cuisine où Mamie nous en avait préparées pour fêter l'arrivée de Julie. Nous mangeâmes de bon appétit. J'expliquai alors à mon amie que j'allais devoir la laisser seule aujourd'hui, car j'avais la dernière session d'entraînement prévue dans la forêt pour la course d'orientation, mais que j'allais appeler des amis pour lui faire visiter le coin en attendant. Elle était un peu déçue que je ne reste pas, mais ravie de rencontrer la bande dont je lui avais tant parlé. J'appelai Pierre et Maëlys et leur expliquai que j'avais une Parisienne en visite surprise pour deux jours et qu'il fallait faire de son séjour un souvenir exceptionnel. Ils acceptèrent tous les deux de s'en charger. Pierre était ravi d'apprendre qu'elle était célibataire.

Pendant que je passai mes coups de fil, Julie était remontée dans la chambre. Elle redescendit et me tendit une enveloppe.

« C'est ton amoureux, quand il a su que je venais, il a voulu la jouer à l'ancienne et t'écrire une lettre… Si ce n'est pas romantique ! »

J'avais un sourire jusqu'aux oreilles. Je pris l'enveloppe et sortis dans le jardin pour avoir un peu plus d'intimité. Je l'ouvris et lus :

« Ma douce Louane,

Je profite d'avoir un coursier personnel pour t'écrire ce petit mot. Ton séjour en Bretagne a l'air de te faire du bien, mais sache que tu me manques infiniment. J'ai vraiment hâte que tu rentres pour que l'on puisse passer du temps tous les deux. Je suis passé au jardin du Luxembourg hier. Il est tout en fleurs, comme tu l'aimes. Je pars en vacances avec mes parents dimanche prochain pour trois semaines, direction les Landes. Je suis content de pouvoir surfer, j'adore ça ! Et ensuite, quelques jours au camping avec les potes. Donc je serai de retour à Paris mi-août. Je trouverai bien des connexions internet pour t'écrire. Quel dommage que tes parents aient refusé que tu prennes ton téléphone… Je n'ai toujours pas compris l'objectif de cette punition ! Et toi quand rentres-tu à Paris ?

Tu me manques, je te fais plein de bisous.

Thibault »

J'étais touchée pour son message. Malgré mes crises de larmes avant de partir, mon silence pendant des jours, et la distance qui nous séparait depuis plusieurs semaines, il tenait toujours à moi. C'était vraiment un mec génial ! Je me promis de l'appeler dès que toute cette histoire serait terminée. Je rentrai dans la maison.

« Julie, merci beaucoup d'avoir joué la factrice.

- Aucun problème ! Qu'est-ce qu'il te raconte ? »

Je lui tendis la lettre. Elle le lit d'une traite :

« Comme c'est mignon ! On dirait qu'il est sérieusement accroché dis donc ! Bientôt il débarquera ici, sur un cheval blanc, dans une armure étincelante pour te demander ta main, tel un prince pour sa princesse. Et vous courrez l'un vers l'autre au ralenti sur la plage comme dans les films romantiques. Sauf que comme il aura son armure, il s'étalera de tout son long dans le sable et les vagues le feront rouiller et tu seras obligée d'appeler les pompiers pour le sortir de sa boîte de conserve. »

Et elle éclata de rire.

« Tu n'exagères pas un peu ? Tu ne serais pas un peu jalouse de ma chance ? lui demandais-je.

- Bon, je veux bien concéder que j'ai un peu exagéré, il ne pourra pas rouiller aussi vite quand même, surtout dans un film au ralenti. Je ne suis pas jalouse, vous allez très bien ensemble tous les deux, mais ce n'est pas du tout mon genre de mec !

- Et c'est quoi ton genre de mec ?

- Tu sais bien, les mauvais garçons !

- On en rediscutera ce soir d'accord ? Je suis déjà en retard pour l'entraînement. Et en parlant de mauvais garçon, Pierre sera peut-être ton style. Il vient te chercher, il t'a trouvé un vélo. Amuse-toi bien !

- Un vélo ? Ah oui, j'imagine qu'il n'y a pas trop de métro et de bus par ici… »

Sa remarque me blessa plus que ce que j'aurais pu imaginer.

« Non, rien de tout ça, mais c'est très sympa de se déplacer en vélo tu verras. Je suis sûre que tu prendras un abonnement Vélib' en rentrant !

- Il ne faut jamais dire jamais alors… on verra bien ! et j'espère que ce Pierre vaut le coup d'œil !

- Mais oui, ne t'inquiète pas. Je file, à ce soir !

- À ce soir, bon entraînement ! »

Je pris mon vélo, direction la forêt. Je pédalais de toutes mes forces, car j'étais en retard et que mes instructeurs devaient déjà être là. J'arrivai à peine essoufflée, preuve que mes entraînements intensifs commençaient à payer. Christina, Gwénaël et Manu étaient effectivement dans la clairière.

« Bonjour ! lançai-je à la cantonade.

- Tu es en retard, répondit Gwénaël.

- Je sais, je suis désolée. Je suis sortie hier soir, et en rentrant j'ai trouvé ma meilleure amie qui est venue me voir depuis Paris. Et ce matin on s'est levée un peu tard et ma grand-mère avait fait des crêpes et j'ai dû organiser la journée de Julie et…

- On se moque de tes excuses, me coupa Christina.

- Une sortie ? Des amis ? Des crêpes ? Je suis ravi que tu passes du bon temps et que tu profites de tes vacances. Non, vraiment c'est ma priorité absolue, continua Gwénaël sur un ton très sarcastique.

- Je suis là non ? C'est l'essentiel ! Et demain je vais devoir participer à la course d'orientation en forêt… avec Christina et Manu… Car Julie est venue pour m'encourager… Je suis obligée…

- Ben voyons… soyons fous… et tu penses que tu trouveras cinq minutes pour renforcer le Portail ? Ou alors faut-il reporter à la semaine prochaine ? Au mois prochain ? Pourquoi pas à Noël quand tu reviendras le fêter avec ta grand-mère ? Je suis sûr que si on leur demande gentiment, les monstres enfermés depuis des siècles resteront dans leur prison le temps que tu te libères un créneau.

- Tu ne crois pas que tu exagères ? C'est quoi le problème ? Je fais tout ce que je peux depuis presque une semaine, vous êtes contents de mes progrès, je pouvais bien aller m'aérer l'esprit cinq minutes !

- Tu n'as donc toujours pas compris l'importance de ta mission ? Tu n'as PAS cinq minutes ! Ton temps ne t'appartient pas jusqu'à ce que le Portail ait été renforcé. Tu dois arrêter de te comporter comme une gamine immature !

- Mais je SUIS une gamine immature ! Je n'ai que 16 ans ! Et toi ? C'est quoi ton excuse pour être aussi mal embouché ?

- Calmez-vous tous les deux ! s'interposa Manu. L'échéance est proche, la pression monte pour tout le monde. On n'a toujours aucun signe des Libérateurs et cela devrait vous inquiéter plus que de savoir qui se comporte le plus comme un enfant entre vous deux ! Nous sommes dans la même équipe vous vous rappelez ? Depuis le début, on se comporte comme des amateurs ! Alors voilà le programme, Christina, tu continues à faire travailler Louane, il faut impérativement qu'elle puisse lancer le sort de demain. Gwénaël, toi, tu devrais continuer à chercher comment les Libérateurs ont pu vaincre Vic. On a trop délaissé ce point pour se concentrer sur le Portail et c'est un événement crucial. S'ils disposent d'une telle puissance, ils auraient déjà dû attaquer le Portail et ils ont comme disparu… Cela ne m'annonce rien qui vaille. Cela veut dire qu'ils préparent quelque chose de gros, et leur dernière chance sera demain. Malheureusement, cela tombe en plein pendant la course d'orientation. Nous n'avons pas réussi à la déplacer, et en plus, pour sauver les apparences devant l'amie de Louane, nous devrons y participer tous les trois avec Christina. Je nous ai inscrits ce matin. Nous nous égarerons par ici volontairement pour réaliser le rituel et finirons la course ensuite. Pour ma part, je vais aller faire le guet. Je doute qu'ils viennent aujourd'hui, mais il vaut mieux prévenir. Est-ce que l'on peut se concentrer sur ce qu'il nous reste à faire plutôt que de se battre entre nous ? »

Piteuse, j'hochai la tête. Je n'avais pas forcément assuré.

« Je suis désolée.

- Moi aussi, maugréa Gwénaël. Puis, regardant Manu : Tu as beau être le plus jeune d'entre nous, tu es un vrai Gardien, tes paroles le montrent. Merci de m'avoir remis à ma place. Je ne sais pas pourquoi, mais cette gamine me rend dingue ! Et tu as raison concernant les Libérateurs, leur silence est inquiétant. Après leurs siècles d'échecs, nous les avons sous-estimés et à cause de cela, Vic est morte. Nous ne devons pas reproduire cette erreur. Je vais aller dans notre bibliothèque. Je trouverai peut-être dans nos plus vieux grimoires les raisons qui expliqueraient leur soudaine et immense source d'énergie. »

Et il partit en courant, car désormais, chaque minute comptait.

Pour la première fois depuis notre rencontre, Christina me regarda dans les yeux :

« Je ne t'aime pas. Il ne faut pas le prendre personnellement, je n'aime personne. C'est comme ça. Pourquoi je suis une Potentielle ? Bonne question. Mais j'y travaille depuis des années, ça a donné un sens à ma vie alors que je vivais dans la rue. Et toi, tu as un peu volé ce sens, sans le vouloir je sais, mais quand même. J'ai réfléchi. Aujourd'hui je suis en mesure d'agir pour atteindre l'objectif que je me suis fixé. Différemment de ce que j'avais imaginé, mais je peux contribuer en te faisant avancer. Et si tu réussis, ça sera un peu ma réussite aussi. Alors amène – toi, avant la fin de la journée, tu lanceras des sortilèges »

Elle ne m'avait encore jamais parlé aussi longtemps. Au moins les choses étaient claires. Je la suivis. Finalement, elle se révéla une très bonne pédagogue. Au lieu de s'obstiner à essayer de me faire lancer des sortilèges complexes, elle revit ses ambitions à la baisse. Elle sortit de sa poche le stylo des séances à l'herboristerie. Je grimaçai en le voyant.

« Essayons cela. Peux-tu créer le lien toute seule ? »

J'essayai, mais sans le stress généré par un sentiment de danger, j'échouai. Je secouai négativement la tête.

« T'inquiète, c'est un plaisir que de t'agresser »

Et sans prévenir, elle me jeta le stylo à la figure de toutes ses forces. Instinctivement, le lien s'établit et je repoussai le projectile.

« Bien, dit-elle. Maintenant, je veux que tu le maintiennes, mais que tu le passes au second plan dans ton esprit. Ensuite, ordonne à ce stylo de venir dans ta main.

- Tu veux que je parle à un stylo ? »

Cette suggestion saugrenue me déconcentra et je perdis le lien.

« Arrête de réfléchir et d'essayer d'apporter une cohérence à tout ce qui se passe, car il n'y en a pas. Laisse de côté la logique pour une fois. Nous ne sommes qu'une pièce dans un immense puzzle dont le dessin global nous échappe. La raison pour laquelle tu parviens à te défendre est parce que tu réagis avec tes émotions. Tu n'arrives pas à attaquer parce que tu raisonnes et que tu te dis que c'est mal d'agresser quelqu'un. Il faut que tu te serves de tes émotions, de ton cœur, de l'âme des sacrifiés tout autant que de la tienne. C'est comme cela que fonctionne aussi la magie humaine. On recommence. »

J'essayai d'écouter ses conseils. Elle avait bien appréhendé mon mode de fonctionnement et je tentai de débrancher mon cerveau et d'utiliser le reste. Sans son aide je parvins à rétablir le lien. Mais je ne parvenais toujours pas à faire bouger le stylo. J'avais beau lui demander gentiment, lui ordonner, lui chanter, il restait, imperturbable, dans l'herbe. Contrairement aux sessions précédentes, Christina ne se moquait pas. Elle m'encourageait après chaque échec, me donnait de nouveaux conseils. Elle voulait que je réussisse, autant pour elle que pour moi. De mon côté, je m'énervais de plus en plus, me frustrais de plus en plus, j'oscillais entre la colère et les larmes. Christina ne me disait pas de me calmer. Elle me laissait monter en pression. J'étais sur le point d'exploser de rage contre moi-même quand l'une des nombreuses recommandations de ma coach me revint en mémoire :

« N'intériorise pas tes émotions, extériorise-les, canalise-les comme tu le fais de ta source d'énergie et sers –t'en pour réaliser ton objectif ».

Au lieu de tomber en larmes et de m'apitoyer sur mon sort, je dirigeai alors toute ma colère et ma frustration vers le stylo et lui ordonnait :

« Maintenant ça suffit ! Tu vas te ramener ici et tout de suite ! »

Ma voix avait changé, elle était devenue plus grave, et un léger écho se fit entendre. Mais j'y étais allée un peu fort, et il n'y a pas que le stylo qui m'obéit. Je me retrouvai alors avec le stylo dans la main, certes, mais également avec Christina étalée sur moi, toutes les feuilles des arbres à dix mètres à la ronde, ainsi que d'une flopée d'insectes venus d'on ne sait où et que je refusai d'identifier. Christina partit dans un fou rire. Je ne savais pas qu'elle en était capable, mais il était très contagieux, et bientôt nous étions deux à nous rouler par terre et à pleurer de rire. Nous parvînmes enfin à nous redresser.

« Je… t'avais… dit… de… canaliser, hoqueta-t-elle essayant de reprendre son souffle ».

« Salut tout le monde ! Alors c'est comme ça que l'on s'entraîne ? Vous testez des tenues de camouflages ou quoi ? »

Je me levai d'un bond et me retournai. Derrière nous se tenaient Julie et Pierre.

« Salut ! Depuis combien de temps êtes-vous là ?

- On vient d'arriver, dit Pierre, me regardant d'un air suspicieux. On s'est dit qu'on allait passer vous dire bonjour et vous ramener quelque chose à boire ! Mais vous que faisiez-vous par terre ? »

Sa question me prit au dépourvu. Qu'avaient-ils bien pu voir ? Heureusement, Christina, qui s'était relevée elle aussi, prit le relais.

« On faisait une pause, on essayait de reconstituer mentalement tous les sentiers de la forêt, ça nous aidera à visualiser où seront les balises demain. Merci pour les boissons, c'est une très bonne idée !

- Et vous avez perdu Manu ?

- Il a eu une urgence, il a dû s'absenter, répondit Christina du tac au tac. Elle avait l'air plus à l'aise avec le mensonge que moi.

- Bon et si on se trouvait un coin sympa pour prendre ce verre ? On a aussi ramené quelques trucs à grignoter ».

Et nous partîmes tous les quatre. Pierre et Christina faisaient connaissance devant, et je marchais avec Julie. Elle me chuchota à l'oreille :

« Ne lui dis pas, mais j'adore ce mec ! Il est trop top !

- Contente qu'il te plaise. Mais qu'avez-vous fait de Maëlys ?

- Elle a appelé après ton départ ce matin, un membre de sa famille à l'hôpital je crois, j'ai passé la journée en tête à tête avec Pierre.

- Tu t'es bien amusée ?

- Oui c'était top ! »

Nous trouvâmes un arbre tombé à terre sur le tronc duquel nous nous installâmes pour ce petit pique-nique improvisé. Je ne pouvais plus m'entraîner alors que je venais de franchir un cap essentiel. J'étais assez distraite et ne suivais la conversation que d'une oreille. Heureusement, Julie était passée en mode séduction et déployait tous ses charmes pour séduire Pierre. On aurait presque dit qu'elle chassait une proie. Il ne me restait que peu de temps, comment allais-je faire pour continuer l'entraînement ? C'était vraiment pénible de devoir se cacher, mentir à son entourage. Cela ne faisait que créer des situations de plus en plus tordues d'où il était de plus en plus difficile de sortir. Cette fois, ce fut Manu qui nous extirpa du pétrin dans lequel Christina et moi étions enlisées.

« Salut tout le monde ! Tu dois être Julie ? Je suis Manu.

- Salut Manu ! J'ai BEAUCOUP entendu parler de toi, et tu es aussi mignon que ce que Louane m'avait dit ! »

Je rougis devant la trahison de mon amie, cela m'apprendrait à lui faire des confidences ! Manu, lui, avait plutôt l'air content.

Pierre intervint :

« Et moi alors ? Elle a dit quoi sur moi ?

- Que tu étais un casse-pied de première super arrogant, répondit Julie en lui faisant un clin d'œil.

- Ça me convient bien, admit Pierre, en lui rendant son clin d'œil. Mais c'est exactement ce qui plaît aux filles !

- C'est bien beau tout ça, mais maintenant que je suis là, il faudrait que l'on reprenne l'entraînement. Cela ne vous dérange pas que l'on vous abandonne, je suppose ?

- Non, non allez-y ! répondit très vite Julie. Vous devez gagner la course ! Nous on va bien trouver de quoi s'occuper. Louane, on se retrouve chez ta grand-mère ce soir pour le dîner ?

- Oui, ça me va, répondis-je, soulagée de repartir au travail. »

Nous les laissâmes donc et nous enfoncèrent dans une partie de la forêt moins fréquentée afin de ne plus être dérangés.

« Ont-ils vu quelque chose ? s'inquiéta Manu.

- Je ne pense pas, excepté Louane et moi nous roulant dans les feuilles, répondit Christina.

- Et en plus, ils n'en ont rien dit, et Julie n'aurait pas manqué de me questionner si elle m'avait vue faire de la magie, ajoutai-je.

- Très bien. Où en êtes-vous ? »

Christina lui fit un résumé de notre journée. Pour elle, j'avais enfin eu le déclic et j'avais en moi une puissance extraordinaire. Elle ne doutait pas que j'avais acquis les connaissances essentielles pour réaliser le sort. Par contre, mon manque de confiance en moi était un vrai handicap et si le moindre doute s'immisçait en moi au moment fatidique, j'échouerai.

Son analyse, froide et pragmatique, comme elle, reflétait totalement la blessante réalité. Mais comment était-il possible de prendre confiance en soi en moins d'une journée ? Je leur posai la question.

« Concentrons-nous sur les paramètres sur lesquels nous avons un moyen d'action. Il reste encore deux heures avant le coucher du soleil. Continuez à vous entraîner. Christina, fais-lui répéter encore et encore les étapes du rituel, sans en appeler à la magie évidemment, ce n'est pas le moment. Même ce soir, chez toi, travaille. Je commence à te connaître, si tu sens que tu maîtrises les choses, tu seras forcément plus confiante. Alors travaille, sans t'épuiser, car demain tu vas devoir aller plus loin que tu ne l'as jamais été. C'est ton rôle. À nous, les Gardiens, et à Christina, de nous assurer que rien ne vienne te troubler pendant le rituel. Et l'on fera tout notre possible là-dessus. Rappelle-toi les paroles de Manu. Nous sommes complémentaires, nous devons unir nos forces pour empêcher ces immondes créatures de revenir ici. As-tu confiance en nous ? »

Je repensai à tous les événements qui s'étaient produits depuis mon arrivée en Bretagne. Manu avait toujours été là pour moi, comme un grand frère, même avant que je n'hérite par accident de l'âme des sacrifiés. Il comptait pour moi désormais et me manquerait sans doute beaucoup quand je retournerai à Paris. Gwénaël et moi étions fondamentalement opposés. Un peu comme l'huile et le vinaigre, on n'était pas vraiment compatibles. Une expression que ma grand-mère avait l'habitude de dire me revint en mémoire :

« Ceux qui disent que l'huile et le vinaigre ne se mélangent pas, c'est parce qu'ils n'ont pas mélangé assez fort ! »

J'étais persuadée que malgré toute l'antipathie que je lui inspirais, Gwénaël se ferait tuer pour que je puisse accomplir le rituel. Quant à Christina, son changement d'attitude m'avait fait découvrir une fille sensible qui se cachait derrière son déguisement de gothique. Elle jouait les dures, mais ne cherchait qu'à trouver sa place dans le monde, chose que je comprenais parfaitement. Elle aussi ferait tout ce qui était en son pouvoir pour que le rituel se déroule bien.

Manu et Christina attendaient ma réponse, et ce fut profondément convaincue que je la leur donnais :

« Oui, je vous fais confiance ».

Je passais le reste de la soirée à m'entraîner avec Christina. J'avais effectivement eu un déclic, et si je n'y arrivais pas à chaque fois, je progressai suffisamment pour pouvoir lancer le sort. Elle me fit ensuite répéter encore et encore les étapes du rituel :

D'abord, la première étape consistait à créer une bulle d'énergie autour du Portail et de moi, où personne ne pourrait rentrer. Je n'avais pas pu travailler ce point, car c'était très consommateur d'énergie. Puis, je devais préparer la potion qui devait être le plus fraîche possible pour avoir le maximum d'efficacité. Celle-ci me permettrait d'augmenter mon niveau d'énergie et donc mes pouvoirs. Cette partie ne me faisait pas peur. Après des heures à l'herboristerie, je connaissais par cœur la recette et j'aimais beaucoup faire des mixtures de plantes. La difficulté ici serait de maintenir la bulle tout en réalisant la potion et c'est pourquoi je m'étais tant entraînée ces derniers jours. Enfin, dernière étape, je devais lancer le fameux sortilège. Il s'appuyait sur une langue ancienne qui déculperait son pouvoir, mais que je ne connaissais pas et j'avais donc appris les paroles phonétiquement. Je n'avais pas le temps d'apprendre cette langue, alors Christina m'avait fait travailler les intonations jusqu'à ce que ce soit parfait. Nous ne pouvions être sûrs que cela marcherait, mais en si peu de temps, c'était la seule solution.

Nous fîmes le point juste avant de rentrer :

« Rendez-vous sur la ligne de départ demain matin à 11h. Tout sera préparé par les Gardiens.

- Il faut vraiment que la réglisse soit fraîche pour avoir son effet optimal et booster mon énergie. Et le ginseng ? Avec mon problème récurrent de concentration, est-ce que l'on en a assez ?

- Détends-toi ! dit Manu. On s'occupe de tout, on s'y connaît aussi un peu dans les plantes et herbes médicinales. Tout sera prêt et t'attendra. Toi, va te reposer. Tu ne pourras pas être plus prête, nous sommes tous allés aussi loin que l'on pouvait. Il ne reste plus qu'à se lancer.

- Et Gwénaël ? Tu as eu des nouvelles ?

- Si tu trouves qu'il ressemble à un ours dans son état habituel, tu devrais le voir plonger dans ses bouquins. Il n'en a pas décollé depuis que je l'y ai envoyé. Il est allé chercher des livres plus gros que moi au plus profond de notre bibliothèque et qui sont tellement vieux et couverts de poussières que les titres ne sont plus lisibles sur les couvertures. S'il y a quelque chose là-dedans qui peut nous aider, il le trouvera. Ce soir, profite de ton amie et de ta grand-mère, appelle tes parents, et, autant que possible, détends-toi. Tu vas assurer. Je te raccompagne ?

- OK, allons-y. »

Nous donnâmes rendez-vous à Christina pour le lendemain. Nous rentrâmes ensuite tranquillement, plaisantant, essayant pour quelques instants d'oublier les responsabilités trop grandes pour nous, mais qui nous incombaient. Arrivés devant la maison de ma grand-mère, Manu descendit de vélo pour m'aider à ranger le mien. Puis, un silence gêné s'installa, comme s'il attendait ou espérait quelque chose. Je me lançai :

« Tu sais Manu, on ne sait pas ce qui va se passer demain. Alors je voudrais en profiter pour te remercier. Pendant ces jours d'entraînement, tu as toujours été là, tu as été patient, tu m'as défendue, tu m'as aidée à prendre confiance. Sans toi, je n'y serai jamais arrivée.

- Tu n'as pas à me remercier. C'est mon rôle de Gardien. Je sais ce que cela fait de se retrouver trop jeune avec des responsabilités trop grandes. Moi, je suis devenu Gardien parce que mon père est malade, il a un Alzheimer précoce. J'ai dû prendre sa suite plus tôt que prévu.

- Oh mon Dieu ! Et moi qui me plains de mon sort sans arrêt ! Je suis vraiment désolée !

- Ne t'inquiète pas, ça va. Seuls les Gardiens sont au courant. Il n'en est encore qu'au début de sa maladie.

- Si je peux faire quoi que ce soit…

- Oui, renforce ce satané Portail ! me dit-il dans un sourire.

- Je vais faire de mon mieux. Si je voulais te remercier, ce n'est pas seulement pour ton rôle de Gardien. Avant que tout ça ne me tombe dessus, tu t'étais déjà montré top avec moi. Tu as contribué à me sortir de ma léthargie. Tu m'as montré tous les trésors de la région malgré tous les stéréotypes que j'avais dans la tête. Gardien ou pas, tu es un vrai ami pour moi. Je voulais te le dire au cas où demain… »

Il ne me laissa pas finir. Il m'attrapa dans ses bras et m'embrassa. Ses lèvres étaient douces contre les miennes. Mon cœur battait tellement fort dans ma poitrine que je crus qu'il allait en sortir. Le temps semblait comme suspendu. Après ce qu'il me sembla être une éternité, il mit fin à notre baiser. Il me relâcha :

« Juste au cas où… dit-il. »

J'ouvris la bouche pour répondre, mais il posa son doigt sur ma bouche.

« Non, ne dis rien. Ne gâchons pas ce moment. Je pars maintenant. »

Il reprit son vélo et partit. La porte de la maison s'ouvrit à la volée, et une tornade me sauta dessus.

« J'ai tout vu ! me hurla Julie dans les oreilles. Louane, bourreau des cœurs ! Qui aurait pu dire ça ? Dis donc, la Bretagne t'a changée ! Et ce pauvre Thibault ? »

Thibault ! Comment avais-je pu oublier, ne serait-ce que le temps d'un baiser, le garçon le plus merveilleux de la terre ? Je savais que je devais avoir honte, mais ce qui venait de se passer m'avait semblé tellement naturel. Thibault était mon homme idéal. J'étais tombée amoureuse de lui dès la première seconde de notre rencontre. Manu, c'était différent. On avait vécu des choses très intenses dans un laps de temps très court, et les sentiments que j'avais pris pour de l'amitié étaient apparemment plus profonds que cela. J'essayai d'expliquer tout cela à Julie. J'avais peur de son jugement. Mais elle se montra compréhensive :

« Écoute Louane. C'est normal que tu sois perdue. Tu vis un moment difficile de ta vie. Et Manu est très craquant dans son genre ! Et puis mince quoi, nous avons à peine 16 ans, c'est normal de faire des bêtises ! Tu as eu un coup de cœur pendant tes vacances ? Il n'y a pas mort d'homme. Dans quelques semaines, tu reviendras à Paris, et tout rentrera dans l'ordre. Et puis si ce n'est pas le cas, c'est simplement que Thibault n'était pas le bon, c'est tout !

- Je t'ai déjà dit que j'adorais ton pragmatisme ?

- Que mon pragmatisme ? Et mon sens de l'humour légendaire alors ?

- Euh… lui un peu moins, lui dis-je en riant. »

Et bras dessus, bras dessous, nous rentrâmes à la maison. Suivant les conseils de Manu, je profitai à fond de ma soirée. Les derniers événements m'avaient fait prendre conscience de certaines choses essentielles de la vie. J'appelai donc mes parents pour leur dire que quoiqu'il puisse se passer entre eux, je les aimais infiniment et que j'étais fière d'être le fruit de leur amour, même si celui-ci avait disparu. Ils semblèrent soulagés de retrouver leur petite fille et me dirent qu'ils m'aimeraient toujours aussi. J'écrivis une lettre à Thibault que je confiais à Julie. Je ne pouvais me résoudre à l'appeler du portable de mon amie, mais au cas où, je souhaitais pouvoir lui dire tout ce qu'il m'avait apporté. Après cela, nous passâmes toutes les trois une excellente soirée. Julie et Mamie avaient vraiment bien accroché, et nous rîmes beaucoup. Je préparai une tisane d'après une des recettes secrètes de Vic que je savais que ma grand-mère adorait. Un peu de tilleul, de camomille, et le petit plus de Vic, de la fleur d'oranger pour la fraîcheur et l'exotisme, et voilà une infusion prête à nous envoyer détendue dans nos lits. Cinq minutes plus tard, plus aucun bruit ne s'élevait dans la maison.

## 8

Ça y est. On y était. C'était le jour J. Aujourd'hui était sans doute le jour le plus important de toute ma vie. J'étais aussi prête que possible. J'étais finalement soulagée d'avoir l'excuse de la course pour pouvoir discuter à mots choisis avec Mamie et Julie. Sans comprendre l'enjeu, elles pouvaient me donner leurs conseils sur la gestion du stress, l'alimentation idéale ou le travail d'équipe. De plus, leur babillage me faisait rire et m'empêchait de me poser trop de questions. Je ne voulais pas me mettre à stresser trop tôt. Il fallait que je sois à la hauteur. Julie devait rejoindre Pierre avant de venir nous encourager sur le parcours. Mamie devait travailler dans son jardin. Je quittai la maison avec un pincement au cœur en refermant la porte. Je me secouai. Je ne devais pas laisser les sentiments négatifs m'envahir. Je devais rester concentrée sur l'objectif.

Je rejoignis Manu et Christina derrière la ligne de départ. Manu ne mentionna rien de l'événement de la veille, mais un éclat particulier brillait dans ses yeux. Il y avait un nombre impressionnant de participants. Je n'aurais jamais dit qu'autant de monde vivait dans la région. Chaque équipe recevrait un itinéraire différent afin d'éviter que l'on se suive les uns les autres. Si jamais une équipe s'approchait trop de la clairière du Portail, les Gardiens se tenaient prêts à lancer des sorts de confusion afin qu'ils ne la voient pas et rebroussent chemin. J'étais un peu triste pour ceux qui perdraient sans doute à cause de cela, mais la priorité était ailleurs. Le départ allait bientôt être donné, nous nous rapprochâmes pour entendre les dernières consignes.

Le pistolet du starter retentit et toutes les équipes s'élancèrent. Munies d'une boussole et d'une carte, elles partirent à la recherche des balises disséminées dans la forêt par l'organisation. Tout instrument électronique, comme les GPS ou les téléphones étaient interdits. Il fallait se repérer à l'ancienne. Encore un peu et on aurait dû se repérer aux étoiles !

La forêt se remplit rapidement de bruits de rires beaucoup, de disputes parfois, de chutes souvent. Le sous-bois et ses racines cachées pouvaient se montrer traîtres. Nous devions jouer le jeu pendant une heure. Nous y mîmes un entrain légèrement forcé afin de ne pas éveiller les soupçons, le temps de nous retrouver isolés. Puis nous piquâmes vers la clairière. Il nous fallut plus de temps que prévu, car nous devions éviter les autres équipes qui continuaient la course. C'était comme si tous les itinéraires passaient autour du Portail. J'espérais que les Gardiens parviendraient à les maintenir éloignés.

Nous arrivâmes enfin. Les autres étaient déjà là, à part Gwénaël. Il restait peu de temps avant que je ne commence le rituel. Les liens enserrant le Portail avaient encore diminué, nous avions vraiment attendu le dernier moment pour le faire. Tout était prêt, et je me retirai un peu à l'écart pour me concentrer sans être perturbée par l'effervescence des derniers préparatifs. Quelque part, un téléphone se mit à sonner. Très nerveux, Manu vient me trouver :

« C'était Gwénaël. Il dit d'attendre encore un peu qu'il arrive, qu'il sait ce que mijotent les Libérateurs, qu'il faut changer le rituel.

- TU PLAISANTES ? Mais pourquoi ?

- J'ai l'air de plaisanter ? Il ne va pas tarder, laissons-lui une chance de s'expliquer.

- Tu lui fais confiance ?

- Oui.

- Alors j'attends. »

Mon niveau de stress flirtait avec les sommets. Manu le vit. Il fit un signe à Christina qui se mit aussitôt à psalmodier. Elle m'envoyait des vagues d'énergies rassurantes pour me détendre. En complément, Manu me contourna et commença à me masser les épaules.

Les liens sur le Portail s'effilochaient maintenant à vue d'œil, et je n'étais plus la seule à être très nerveuse. Les autres Gardiens ne chômaient pas, car nous étions littéralement au cœur de la course et ils s'employaient à nous préserver un espace de liberté. Et Gwénaël n'arrivait toujours pas.

« Où est-il ? demandai-je pour la millième fois.

- Il arrive, me répondit Manu. »

Sa confiance absolue dans son mentor était impressionnante. En moi, l'âme des sacrifiés s'agitait de plus en plus en voyant l'état du Portail. Enfin, ni tenant plus :

« Je ne sais pas ce qu'il a trouvé. Mais on ne peut plus attendre. Je commence ».

Manu lut la détermination de mon regard et s'écarta. C'est à ce moment que Gwénaël arriva. Il était à bout de souffle. De profondes cernes noircissaient ses yeux et je doutais qu'il ait vu une douche depuis un moment.

« La course… commença-t-il. Ils vont… »

Il était trop essoufflé pour faire une phrase complète. À mon tour, je jetai un regard appuyé à Christina qui se chargea de lui transmettre un peu de son énergie. Manu avait eu raison à son sujet, sous des abords de dragons, elle avait vraiment un bon fond.

« Ils vont utiliser la course, les participants je veux dire. Ils vont prendre leur énergie. C'est ça leur source. J'ai trouvé un sortilège d'accumulation, dans un des livres de magie noire, celle pratiquée par les mages à l'époque de Primera. Il est d'une simplicité à faire peur quand tu vois les pouvoirs qu'il donne.

- Je ne comprends pas ! dis-je.

- La magie humaine… Chaque personne en contient une partie, même si elle ne s'en sert pas. Le sort… Il permet de la leur voler c'est ça ? D'autant plus à des gens qui ne savent pas ce qui se passe…

- Oui, reprit Gwénaël. Tu en voles tant que tu veux. Cela ne dure pas longtemps heureusement, et les victimes s'en sortent juste avec une grosse fatigue. Vous avez remarqué comme les équipes de la course tournent autour de nous ? Tout ça est prémédité ! Ils occupent les Gardiens tout en maintenant leur source à portée de main.

- Mais est-ce que c'est ce sort qui leur a permis de tuer Vic ? demandai-je.

- Je ne sais pas comment, admit Gwénaël, mais cela ne peut être que ça…

- Attendez… intervint Christina, que faisiez-vous dans la forêt ce soir-là ?

- Une idée débile de jeune, lui répondit Manu, une séance de spiritisme.

- Ah oui ? Et comment vous êtes-vous sentis après ?

- Fatiguée, lui dis-je, mais il était très tard, ça ne nous avait pas marqués plus que ça.

- Et c'était la première fois que vous faisiez ça ?

- Oui… »

Manu et moi échangeâmes un regard. Un doute vicieux s'insinuait en nous.

« Ce n'est pas possible, dis-je.

- Quoi ? demanda Gwénaël.

- Pierre… C'est Pierre qui a eu cette idée… répondit Manu.

- Et quand on s'est enfui après la mort de Vic, continuai-je, son vélo était toujours là.

- Ne cherchez plus, c'est un Libérateur, conclut Christina. Il a sans doute voulu tester son sort. Mais pourquoi Vic était-elle là ? »

Ce fut moi qui reconstituais la fin du puzzle :

« Vic m'a dit qu'elle avait été victime d'une embuscade. Pierre est arrogant, mais très intelligent. Il a dû deviner qu'elle était la Choisie qui ferait le rituel. Il a sans doute voulu se frotter à elle et l'a attirée dans la forêt. Ses complices l'ont occupée, d'où les bruits de courses que nous avons entendus, et quand le groupe est parti en courant, il l'a attaquée. Mon Dieu, c'est lui qui a tué Vic ! »

Le choc de cette révélation nous laissa tous abasourdis. Manu était le plus atteint. C'était un de ses plus proches amis.

« Qu'est-ce qu'on fait maintenant qu'on sait ça ? demanda Christina.

- Louane a beaucoup progressé, mais même avec l'âme des sacrifiés, elle ne rivalisera pas face à un sorcier rempli des énergies des centaines de participants autour de nous.

- Mais comment je vais faire ? On ne peut pas rester sans rien faire ! Je veux tenter quelque chose ! »

L'âme des sacrifiés bouillonnait de plus en plus en moi, comme un avertissement.

« Ils ont commencé, leur dis-je dans un souffle. Ils arrivent. Quoique vous ayez prévu, il faut le faire vite.

- Il y a bien quelque chose, mais… » Gwénaël hésita.

« Balance, le secoua Manu, nos chances diminuent de seconde en seconde, alors parle !

- Le sort marche pour tout type de magie... Si Louane se sert de nous…

- J'en suis. Branche-toi sur moi, me dit Christina.

- Moi aussi, dit Manu.

- Cela ne sera pas suffisant. Il faudrait que nous le fassions tous. Mais c'est extrêmement dangereux. Pendant ce temps, nous serons incapables de protéger la clairière, incapable d'aider Louane. Les participants se font prendre une partie d'eux-mêmes qu'ils ne connaissent pas, cela ne leur manque pas. Nous, il y a de fortes chances que ce manque nous fasse perdre connaissance, voire pire si elle va trop loin.

- Nous n'avons malheureusement plus le choix, lui dit Manu. Elle va assurer. »

Nous nous organisâmes le plus rapidement possible. Les heures d'entraînement et l'état de stress dans lequel je me trouvais m'avaient fait entrer dans mon état de transe magique. J'avais une conscience accrue des participants autour de nous dont je voyais la magie s'échappait vers une cible qui s'avançait tranquillement vers la clairière. Cette attitude arrogante et sûre de lui ne pouvait que confirmer que Pierre était bien un Libérateur, et qu'il était certainement celui qui avait assassiné Vic. Gwénaël me montra le sort que j'allais devoir effectuer. Il était effectivement d'une simplicité déconcertante. Pendant ce temps, Manu et Christina expliquèrent la situation aux huit autres Gardiens, qui abandonnèrent leurs sorts en cours et furent bientôt prêts.

Nous nous mîmes en place, moi au centre d'un cercle, eux debout autour de moi. Je commençais à aspirer leurs énergies, leurs forces et leurs pouvoirs.

Mais je n'allais pas assez vite, j'avais peur d'aller trop loin, de les blesser. Manu me dit :

« Louane, nous sommes prêts à mourir. Rappelle-toi l'histoire de Primera. Le monde d'aujourd'hui, aussi imparfait soit-il, vaut forcément mieux que ce qui nous attend si on échoue. Tu portes en toi l'âme de héros qui se sont sacrifiés les premiers pour nous sauver. Cela serait un honneur que de suivre leur exemple. Primera nous a créés pour un jour comme aujourd'hui. Alors, arrête de tergiverser. Prends. Prends tout. »

Autour de lui, les autres Gardiens et Christina approuvèrent, déterminés. Alors je fis ce qu'il m'avait dit. J'arrêtai d'hésiter, et aspira goulûment toutes les forces disponibles. Au moment où Pierre et ses complices entrèrent dans la clairière, j'étais face au Portail et lançais le premier sort, créant la bulle autour de moi et du passage. Je pris également soin d'inclure les Gardiens et Christina, qui s'étaient évanouis.

Je me sentais plus forte que Pierre, malgré toute l'énergie qu'il volait aux coureurs, grâce à mes amis, à présent étendus sur le sol. J'avais une énorme envie de lui faire du mal, mais j'avais une tâche plus urgente à faire. Je ne voulais pas que Vic soit morte pour rien.

« Tiens, tiens, tiens, quelle surprise… la petite Parisienne est une Choisie ? »

En dépit de ses paroles, il n'avait pas l'air aussi surpris que cela. Je décidai de l'ignorer et me concentra sur la préparation de la potion. Il continuait à me parler, mais je ne l'écoutais pas. Ses complices, parmi lesquels je fus soulagée de ne reconnaître personne, entouraient maintenant ma bulle de protection. Ils se mirent tous à l'attaquer en même temps, Pierre en tête. C'était vraiment épuisant de garder ma concentration. L'âme avait tellement envie d'en découdre avec le Portail d'abord, avec nos ennemis ensuite que je l'entendais presque hurler dans mes oreilles. Je ne sais pas qui d'autres que Primera s'étaient sacrifiés à l'époque, mais une chose est sûre, il y avait des guerriers. La potion fut bientôt prête. Je la bus rapidement, relevant encore mon niveau d'énergie. Les attaques me perturbaient moins maintenant. Malgré ses efforts, Pierre allait échouer, je le sentais. Je me mis à rire. Je regardai Pierre de l'autre côté du Portail. Il n'avait pas l'air aussi frustré ou désappointé que je l'aurais imaginé face à sa clinquante défaite. Pourquoi n'était-il pas en train de s'énerver ? Je le connaissais suffisamment pour savoir qu'il détestait perdre. Les seules fois où il affichait le petit air malin qu'il avait maintenant étaient quand il avait encore un tour dans son sac.

Je réfléchis à toute vitesse, revivant les dernières semaines en accéléré, en particulier la dernière. Son état de transe après la séance de spiritisme, son vélo abandonné, on savait maintenant pourquoi. Son air suspicieux quand il nous avait rejointes avec Julie, son manque de surprise en me voyant ici. Je fis le lien. Il avait compris. Il savait que j'allais être son adversaire. Et s'il le savait… JULIE !! Elle devait le retrouver avant la course.

« Je vois que tu as enfin compris… J'avais raison dès le début, à la ville vous passez tellement de temps devant les écrans que cela vous ramollit le cerveau » Et il éclata de rire.

« Où est-elle ? lui demandais-je, folle de rage.

- « Où est-elle ? » minauda-t-il. Amenez-la. »

L'un de ses acolytes, resté en retrait, sortit du bois, portant Julie ligotée dans les bras. Elle avait l'air terrifiée. Sans magie, elle ne pouvait pas voir la moitié des éléments de ce drame. Elle me jeta un regard suppliant. Les attaques des Libérateurs s'intensifièrent. J'aurais déjà dû commencer la dernière étape, et, malgré la potion, je perdais beaucoup d'énergie et j'avais du mal à me concentrer sur la bulle, sur le Portail, sur les Libérateurs et sur Julie en même temps.

Un sourire hautement satisfait s'affichait maintenant sur le visage de Pierre.

« C'est simple. Si tu renforces le Portail, je la tue. »

Joignant le geste à la parole, il posa un couteau sur la gorge de Julie et entailla la peau. Elle tenta de hurler à travers son bâillon. Des larmes coulaient sur mon visage. Je ne m'étais pas attendue à me retrouver face à ce choix cornélien. Manu, qui avait toujours été là pour m'aider, était inconscient sur le sol. J'étais seule face à cet horrible dilemme. Le travail de sape des Libérateurs commençait à porter leurs fruits. Je perdais du temps et mon niveau d'énergie baissait dangereusement et avec lui la force de mon bouclier, me rendant plus sensible à leurs attaques. Je n'aurais bientôt plus le choix. Devant moi, un des liens enserrant le Portail céda, claquant dans l'air comme une détonation. Si je renforçais le Portail, Julie mourrait. Mais si je ne le faisais pas, elle mourrait aussi. Au final, je n'avais aucun choix. Je n'avais jamais eu le choix.

Difficilement, je me détournai du spectacle horrible de Pierre appuyant un couteau ensanglanté sur la gorge de mon amie. Je commençai à lancer le sortilège final. Les yeux brouillés par les larmes, je commençai à réciter le sortilège. Pierre continuait à me parler, à me menacer. Je n'avais plus suffisamment de forces pour lancer le sort, alors il gagnait du temps, attendant que le Portail s'ouvre tout seul. Mais j'avais aussi gardé un atout dans ma manche. Sans me retourner, j'allais puiser dans mes Gardiens toute l'énergie qu'ils leur restaient. Je risquais de les tuer en faisant ça, mais c'était le seul moyen d'empêcher des fous comme Pierre d'arriver à leurs fins.

Pierre sentit mon niveau d'énergie remonter. J'en avais suffisamment désormais pour tenter le sortilège. Plus déterminée que jamais, je continuai à psalmodier, envoyant tout ce que j'avais en moi vers ce Portail, cette chose qui avait changé ma vie à jamais.

Pierre vit que je ne lâchais pas et que je ne céderai pas à son chantage malgré la douleur qui me ravageait le cœur. Il ôta le bâillon de son otage pour me faire partager ses hurlements de terreur. Aussitôt après, il commença à lui trancher la gorge lentement. Elle essaya de se débattre, mais les complices de Pierre la maintenaient fermement, indifférents au sang qui les éclaboussait. Elle hurla à réveiller les morts, n'obtenant qu'un éclat de rire de son ravisseur qui en plus semblait prendre plaisir à son calvaire. Ses cris résonnaient dans mes oreilles, troublant ma concentration. Je devais en finir le plus vite possible, je ne tiendrai plus longtemps. Le sortilège était presque terminé. L'âme m'alimentait, mais elle aussi était au bord de la rupture. J'approchai de la zone dangereuse, la limite au-delà de laquelle je prenais un gros risque de mourir, mais il me fallait encore une énorme dose d'énergie pour finaliser le sortilège. Le silence régnait autour de moi. Julie était morte, gisant aux pieds de Pierre qui continuait à attaquer mon bouclier avec ses acolytes pour diminuer mes réserves.

Derrière moi, les Gardiens et Christina ne donnaient plus aucun signe de vie non plus. Julie morte, mes amis morts ou presque, tout ce gâchis pour ce Portail. Je refusai d'échouer. Rassemblant tout ce qu'il me restait de forces et d'énergie, puisant toutes dernières réserves, je lançai la dernière étape du sortilège. Un faisceau se matérialisa entre moi et le Portail. Il prenait sa source dans l'âme des sacrifiés et alimentait les liens enserrant la porte des enfers. Je ne contrôlais plus rien, la magie avait pris le pouvoir, puisant dans ma source et à travers moi dans celles des Gardiens et de Christina à qui j'étais toujours rattachée par le sort d'accumulation. Je luttai pour rester consciente, pour aller au bout de ma mission. Les libérateurs abandonnèrent la partie et s'enfuirent, Pierre en tête. J'avais l'impression d'être là depuis des heures. Il m'était de plus en plus difficile de garder les yeux ouverts. À chaque fois que j'étais sur le point d'abandonner, je regardais mes amis, et à chaque fois je retrouvais un peu de force pour tenir encore un peu. Aurait-ce été si dur sans tous les événements qui avaient perturbé le rituel ? Je ne le saurais sans doute jamais. Je ne survivrais de toute façon sans doute pas à mon bref passage dans le monde de la magie.

Soudainement, tout s'arrêta. Je m'écroulai sur le sol, anéantie, incapable de bouger. Difficilement, je levai la tête pour regarder autour de moi. Tout était silencieux. On n'entendait même plus la course d'orientation dans la forêt. Julie reposait, abandonnée, un peu plus loin. L'odeur de son sang me souleva le cœur et je vomis dans l'herbe. D'où j'étais, je ne voyais aucun mouvement dans le cercle des Gardiens et de Christina, pas même celui d'une poitrine se soulevant pour respirer.

Devant moi, un claquement me fit sursauter. Je regardai, et vis que l'un des liens avait sauté. Bientôt un autre suivit, puis un autre. Finalement, ils craquèrent tous, et le Portail s'entrouvrit dans un grincement sinistre. Au fond de moi, l'âme des sacrifiés hurla. J'avais échoué. Je perdis connaissance.

*À suivre…*

# SOMMAIRE

Dépôt légal octobre 2017

PGCOM Editions  Route Inthatarteak  64480 Ustaritz

www.ingramcontent.com/pod-product-compliance
Lightning Source LLC
Chambersburg PA
CBHW030338020726
47493CB00004B/1315